KB098682

청소년에게 시인이 읽어 주는

시인의 얼굴

청소년에게 시인이 읽어 주는
시인의 얼굴

1판 1쇄 펴낸 날 2023년 9월 23일
1판 2쇄 펴낸 날 2024년 5월 2일

지은이 이민호
펴낸이 이민호
펴낸 곳 북치는소년
출판 등록 제2017-23호
주소 10442 경기도 고양시 일산동구 일산로 142, 427호(백석동, 유니테크빌벤처타운)
전화 02-6264-9669 | **팩스** 0505-300-8061 | **전자 우편** book-so@naver.com

편집 주간 방민화
디자인 신미연
제작 두성 P&L

ISBN 979-11-979474-4-5

청소년에게 시인이 읽어 주는

시인의 얼굴

이민호 지음

북치는소년

머리말

우리들의 시민 시인을 위하여

시란 무엇일까. 제가 십 대였을 때 늘 입에 달고 있었던 궁금증입니다. 요즘 친구들도 그런 생각할까요? 아마 온라인 게임에, 웹툰에, 유튜브에, 팬픽에, 팬덤 문화에 설 자리가 없을 것 같습니다. 그런데도 자꾸 시가 무엇일까 묻고 싶습니다. 여러분은 무엇이라 답할까.

그럼 시를 쓰는 사람, 즉 시인에 대해 알면 되지 않을까요? 시인은 누구일까요? 프랑스의 시인이자 영화감독이었던 장 콕토가 만든 영화 중 「오르페」가 있습니다. 오르페우스 신화를 현대에 맞게 각색해서 시인의 삶과 죽음을 초현실주의 기법으로 담았습니다. 오르페는 오르페우스의 프랑스말이지요. 오르페우스가 죽은 아내를 구하기 위해 명계冥界, 즉 사람이 죽으면 가는 곳으로 내려갔지요. 영화에서는 죽은 자를 심판하는 저승 판관들이 오르페에게 묻습니다. 직업이 무엇이냐고? 오르페는 대답합니다. '시인'이라고. 그렇군요. 오르페우스가 시인이었습니다. 오르페우스는 음유 시인이며 리라 연주의 달인이지요. 이렇게 보니 시인은 인간과 신의 중간에 있으며 삶과 죽음의 경계를 넘나드는 존재네요. 하지만 무언가 비극적 결말의 주인공처럼 보이기도 합니다. 알 듯 말 듯 신비하기만 하네요. 더 어려워졌네요. 너무 본질적인 이야기라 그렇습니다.

오르페와 달리 김종삼 시인은 시 「누군가 나에게 물었다」에서 자신은 시인이 못 된다고 고백합니다. 그리고 진짜 시인은 남대문시장 사람들이라고 말합니다. 그 사람들은 '엄청난 고생은 되어도 순하고 명랑하고 맘 좋고 인정이' 있어서 다름 아닌 시인이라고 합니다. 그러고 보니 뭔가 알 것 같지 않나요? 시인 오르페는 너무 먼 곳에 있는데 김종삼이 말한 시인은 우리 곁에 가까이 있는 이웃이네요.

제가 이 책을 쓴 이유입니다. 그동안 우리나라 시인들은 별세계에 사는 사람처럼 꾸며졌습니다. 청소년 시절 제가 시를 동경했던 것도 다른 친구들과 달리 보이려는 욕망은 아니었을까 돌아봅니다. 시인은 이 세상 사람이 아닌 것 같은 환상을 나름 멋으로 여겼나 봅니다. 물론 후회는 없습니다. 십 대에 낭만에 빠지지 않으면 언제 그럴까요. 이제 와 제가 시인이 되고 오랜 시간 시를 쓰다 보니 시인에 대해 다시 보게 되었습니다. 그것을 우리 친구들과 나누고 싶습니다.

교과서나 언론 매체에서는 민족 시인, 국민 시인 이런 별칭 쓰기를 좋아합니다. 대표적으로 김소월과 윤동주, 서정주의 경우에 그랬지요. 그렇게 부르는 뜻이 없는 것은 아닙니다. 하지만 정말 시인은 이렇게 먼 나라에서 온 낯선 존재인지 의심스럽습니다. 민족 시인은 일제 강점기를 거치며 절실했던 호칭이라 생각합니다. 국민 시인은 산업화 시대를 살아온 역사의 산물이기도 합니다. 우리 모두를 대표할 아바타가 필요했으니까요.

지금은 그런 시대가 아닙니다. 이미 우리는 세계 속 시민으로 살아가고 있습니다. 더 이상 민족, 국민을 앞세워 모두 앞으로 나아가는 일은 없을 겁니다. 사람 하나하나가 소중하고 특별합니다.

시인도 그런 존재라 생각합니다. 그동안 우리가 사랑했던 시인들이 멀리 있지 않고 우리 곁에 살아 숨 쉬는 시민이라 여기면 얼마나 친근할까요. 여러분과 우리 시인들을 다시 만나고 싶습니다.

그렇다면 시민은 누구일까요? 아리스토텔레스는 시민의 품성과 미덕을 중시했습니다. 도덕적인 공동체를 건설하려면 시민의 덕성을 길러야 한다고 주장했습니다. 이렇게 보니 약간은 교장 선생님 훈화처럼 들리네요. 조금 쉬운 말로 해 볼까요? 알레스데어 맥킨타이어 영국 철학 교수는 『덕의 상실』이라는 책에서 시민을 '이야기하는 존재'라고 말합니다. 여러분도 할 이야기가 있지요? 억울한 일, 자랑스러운 일 등 말하자면 끝이 없을 겁니다. 이처럼 우리 모두 할 이야기가 있습니다. 시민은 이렇게 자기 이야기를 하는 사람들입니다. 여기서 맥킨타이어는 우리 하나하나의 이야기가 우리 모두가 함께 하는 공동체의 이야기 속에 있다는 것을 잊지 말아야 한다고 말합니다. "나는 어떤 이야기의 일부인가?" 물으며 "나는 무엇을 해야 하는가?" 정해 보라 말합니다. 이제 우리는 혼자 살 수 없습니다. 더불어 공동체를 이루며 품위 있게 살아야 합니다. 이런 것을 생각하며 사는 사람들이 시민입니다.

이제 마무리해야겠네요. 저는 이 책에서 시민으로서 시인을 여러분에게 보여 주려 합니다. 이 책에 실린 김소월, 나혜석, 백석, 윤동주, 김수영, 김종삼은 그동안 우리 곁에 없었던 신비스럽고 영웅 같은 존재였습니다. 시민으로서 이들의 시에 담긴 이야기를 들려주고 싶습니다. 이 책 제목 '시인의 얼굴'은 프랑스 철학자 레비나스Emmanuel Levinas의 생각을 담았습니다. 타자는 얼굴로 다가온다고 그는 말합니다. 다른 사람의 얼굴 속에 드리운 이야기를 읽어 보자는 것이지요. 타자의 삶의 이야기와 내 이야기가 만날 때 내가 새롭게 태어난다는 뜻입니다. 이 책에 담긴 시인의 얼굴, 이야기를 읽으며 여러분이 행복한 시민으로 변신에 변신을 거듭했으면 좋겠습니다.

2023년 8월

이민호

차례

자기를 잊지 않고 살아가는 내게 행복을 _나혜석

외롭고 높고 쓸쓸한 가난한 이에게 그리움을 _백석

병든 나라 여린 영혼에게 생명을 _윤동주

금 간 얼굴과 쓰러진 자에게 상상력을 _김수영

아이들에게 내용 없는 아름다움과 형식 없는 평화를 _김종삼

김소월

거미줄에 걸린 잠자리에게 자유를

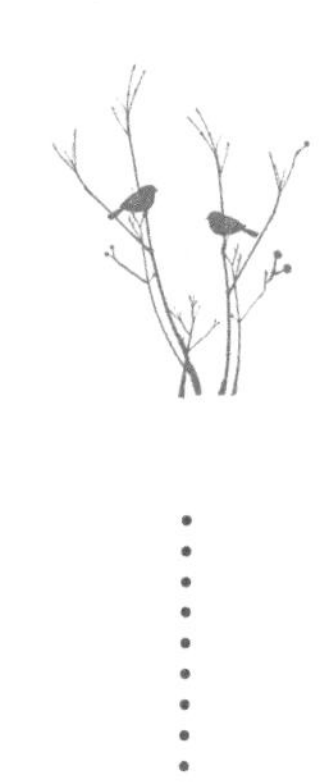

김소월은 우리나라 사람들이 가장 사랑하는 시인입니다. 시 「진달래꽃」을 모르는 사람은 없을 겁니다. 그래서 국민 시인이라 부릅니다. 우리 민족 정서를 제대로 시에 담았다고 해서 민족 시인의 면류관을 씌우기도 합니다. 우리 가락을 잘 이어 받았기에 민요 시인으로 호명하기도 합니다. 이처럼 김소월의 얼굴은 큰 바위처럼 거대합니다. 그런데 이별, 죽음, 슬픔, 상처, 외로움 등 소위 '한'이라는 어두운 색으로 채색돼 있네요. 김소월은 우리 시의 대표이며 우리의 아바타와 같은데 이처럼 부정적으로 비치는 것이 저는 싫습니다. 물론 겉으로 드러난 시의 풍경은 슬픈 정서가 짙게 드리워져 있습니다. 그렇다고 해서 그게 전부라고 하면 우리 스스로 너무 초라합니다.

김소월(1902~1934)

소월은 김소월의 아호입니다. 본명은 김정식입니다. 옛날 사람들은 태어날 때부터 중요한 인생 시기마다 다른 이름들을 지어 불렀습니다. 그때마다 사람들은 다시 태어나는 느낌이 들 것 같네요. 소월, 한자로는 '素月'이라고 씁니다. 우리말로 풀면 '흰 달'입니다. 소박하고 깨끗하다고 할까요. 그런데 김소월보다 먼저 소월을 별칭으로 쓴 사람이 있습니다. 알고 있었나요? 최승구입니다. 최소월이라 불렀지요. 선각자이며, 독립 운동가이고, 시인이며, 배우이고, 일본 유학생들이 만든『학지광』제작에 참여하기도 하고…. 이처럼 수많은 얼굴을 한 사람입니다. 최남선, 이해조와 더불어 신체시를 썼던 우리 현대시의 시조새라 할까요. 특히 우리 책에 담은 나혜석과 사랑 이야기가 전설로 전해지고 있는데 최소월이 김소월보다 더 윗사람입니다. 지금은 김소월이 소위 첫손가락이지만 당시에 '남쪽에는 최소월 북쪽에는 김소월!' 이렇게 불렀다고 합니다. 한참 샛길로 빠졌네요.

다시 돌아와 보니 김소월 얼굴이 침울하네요. 왜일까요? 그에게서 우리가 읽어 내는 것이 비극성밖에 없다면 우리 스스로를 너무 슬픔 속에 가두는 것은 아닌지 궁금합니다. 이런 태도를 오리엔탈리즘이라고 하지요. 역사적으로 서양 제국주의가 자기 밖 세계를 바라보는 시각입니다. 우리는 우월하고 너희는 저급해. 이렇게 생각하고 한 수 가르쳐 주겠다고 지배를 합리화하는 논리입니다. 여러분 마음속에 스스로를 탓하는 목소리가 들린다면 바로 그것이 자기 안의 오리엔탈리즘입니다. 그것은 여러분 목소리가 아닙니다. 열등감을 불러 일으키는 누군가의 시선 같은 것이지요. 여러분을 존중하지 않고 자기식으로 판단하니 불만인데 쉽게 뭐라 말할 수 없는 경우말입니다. 누군가에 길들여졌다는 표현이 맞을 겁니다. 저는 이러한 시각에서 벗어나 김소월을 다시 읽고 싶습니다.

죽어도 눈물 흘리지 않겠다는 다짐

그리운 우리 님의 맑은 노래는
언제나 제 가슴에 젖어 있어요

긴 날을 문 밖에서 서서 들어도
그리운 우리 님의 고운 노래는
해지고 저물도록 귀에 들려요
밤들고 잠들도록 귀에 들려요

고히도 흔들리는 노랫가락에
내 잠은 그만이나 깊이 들어요
고적한 잠자리에 홀로 누워도

내 잠은 포스근히 깊이 들어요

그러나 자다 깨면 님의 노래는
하나도 남김없이 잃어버려요
들으면 듣는 대로 님의 노래는
하나도 남김없이 잊고 말아요

—「님의 노래」

이 시는 시 「진달래꽃」에 담긴 뜻을 풀어 놓은 것 같습니다. 「진달래꽃」에서 소월은 임이 나를 버리고 떠난 사실에 여러 가지 생각에 잠깁니다. '나 보기가 역겨워' 그랬나? 아니면 무엇 때문일까. '역겹다'는 말에서 임이 몹시 언짢고 못마땅해서 화가 나 있다는 것을 알 수 있습니다. 무슨 일 때문인지는 알 수 없습니다. 그러나 소월은 크게 흥분하지 않습니다. 그저 아무 말 없이 임을 보내고자 합니다. 나아가 꽃길을 만들어 주었습니다. 임을 탓하지 않으며 오히려 나를 잊고 가고자 하는 길 그냥 가라는 식입니다. 이러한 상황을 슬픔의 절정에 다다른 태도라 말하기도 합니다. 그럴 것 같습니다. 이러한 목소리가 늘 참고 살아야만 했던 옛 여성들의 일반적

시집『진달래꽃』(매문사, 1925)

시집『진달래꽃』(숭문사, 1950)

자세라 하면 이해가 갑니다.

그런데 소월은 슬픔에만 싸여 있는 것 같지는 않습니다. 그렇게 헌신적이었던 여성의 위치에서 내려와 "죽어도 아니 눈물 흘리오리다" 매서운 말을 합니다. 이 역설적 어법이 시의 맛을 주는 요소이기도 합니다. 슬픔을 오히려 차분하게 이겨 내려는 마음가짐 같은 것이지요. 그럼에도 죽음을 불사하는 이 목소리가 무엇일까 분명하지 않습니다. 저는 여기서 소월의 얼굴 표정이 떠오릅니다. 내가 누군가에게 역겨운 사람이라면 모욕이 아닐까요. 그래서 이

별의 슬픔에만 머물러 있지 않는 단단한 마음결을 느낍니다. 임이 떠난 사실이 비록 나 때문이라 해도 거기에 연연해 살지 않겠다는 뜻으로 읽힙니다. 이러한 주체적 목소리가 「님의 노래」에도 들립니다.

「진달래꽃」에서 드러나는 맺힌 목소리는 아닙니다. 임을 그리워하는 마음이 간절하네요. 임이 떠났는데도 임이 불렀던 노래가 귓전에 생생하다고 하니 안타깝네요. 나아가 환상에 빠진 것은 아닌지 걱정됩니다. 여러분도 경험이 있겠지요. 좋아했던 친구와 헤어졌는데 곁에 있는 것 같은 착각 말입니다. 그래서 꿈속에서 늘 등장하는 현상 말입니다. 이것을 백일몽이라 합니다. 꿈 깨면 다 사라지고 마는 상태를 말합니다. 이때 소월의 시적 목소리가 새롭습니다. '그러나'를 징검다리로 잠에서 깨어나 완전히 새로운 얼굴로 다가옵니다. 임의

시집 『진달래꽃』(한성도서, 1925)

노래를 잊을 수는 없지만 하루하루 살아갈 때 거기에 얽매여 살지 않는다고 담담히 말합니다. '진달래꽃'에서 죽어도 눈물 흘리지 않겠다는 다짐을 실천한 것입니다.

이때 「님의 노래」는 어쩌면 소월의 숙모 계희영의 처지를 담은 것인지도 모릅니다. 소월에게 숙모는 시의 뮤즈 같은 존재입니다. 소월의 아버지는 일본 경찰에게 폭행을 당해 정신이 온전치 못해 소월에게 깊은 상처를 남겼습니다. 어머니는 4대가 함께 사는 가정을 꾸리느라 소월을 챙길 겨를이 없었습니다. 할아버지는 장손인 소월에게 더없이 엄하였습니다. 이때 갓 시집온 숙모가 어린 소월을 따뜻이 보듬었습니다. 숙모 또한 남편 없이 시집살이를 했다고 합니다. 그래서 소월에게 우리나라 전설, 민담, 옛 노래를 들려주며 위안을 삼았습니다.

숙모가 들려준 슬픈 이야기가 고스란히 소월의 시로 옮겨 간 것입니다. 그런데 소월은 우리 여성들의 비주체적 삶을 그대로 시에 담지 않았습니다. 그의 목소리로 다시 태어납니다. 비록 겉으로는 세상 사람들 눈에 걸맞은 삶을 살 수밖에 없지만 자기 자신을 아예 잊고 살지는 않았다는 사실을 눈여겨 본 것이지요. 그래서 소월의 시가 슬픔에서 끝나지 않고 또 다른 길로 연결돼 있다는 것을 알았으면 합니다. 위 시에서도 소월, 혹은 당시 여성들은 임에게 부수

된 존재가 아님을 담았습니다. 임이 나를 떠났지만 결과적으로 임을 보낸 주체는 나라는 사실입니다. 그러므로 임 때문에 삶을 포기하지 않고 내 일상을 늘 살고 있다고 시마다 말미에 덧붙입니다.

너와 나는
같은 존재였다

산산이 부서진 이름이여!

허공중에 헤어진 이름이여!

불러도 주인 없는 이름이여!

부르다가 내가 죽을 이름이여!

심중에 남아 있는 말 한 마디는

끝끝내 마저 하지 못하였구나.

사랑하던 그 사람이여!

사랑하던 그 사람이여!

붉은 해는 서산마루에 걸리었다.

사슴이의 무리도 슬피 운다.
떨어져 나가 앉은 산 위에서
나는 그대의 이름을 부르노라.

설움에 겹도록 부르노라.
설움에 겹도록 부르노라.
부르는 소리는 비껴가지만
하늘과 땅 사이가 너무 넓구나.

선 채로 이 자리에 돌이 되어도
부르다가 내가 죽을 이름이여!
사랑하던 그 사람이여!
사랑하던 그 사람이여!

—「**초혼**」

정말 슬픈 시입니다. 소월의 울부짖음이 생생하게 들리는 듯합니다. '초혼'은 어휘 뜻처럼 '혼魂'을 부르는 전통 장례 의식입니다. 사람은 혼魂과 백魄으로 이루어졌다고 우리 조상들은 여겼습니다.

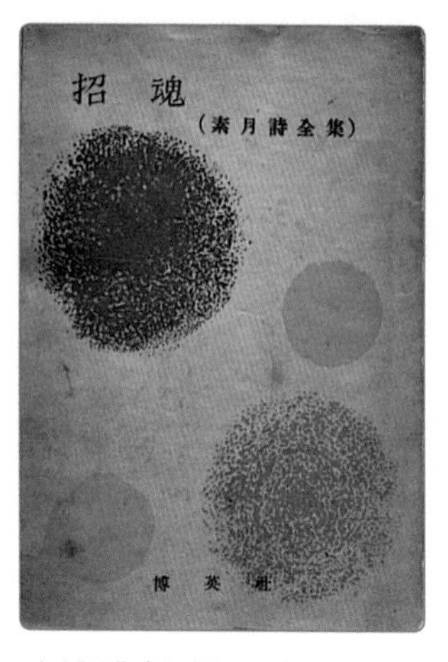

시집 『초혼』(박영사, 1958)

세상 모든 이치는 음양으로 이루어졌다는 말 들어 보았을 겁니다. 음陰은 수동적이며 부드럽고 양陽은 능동적이며 굳셉니다. 그래서 음은 여성스럽고 양은 남성답다고 구분합니다. 혼이 양의 성질이라면 백은 음의 성질을 띤다고 합니다. 그러고 보니 애초에 사람은 두 가지 성질을 다 갖고 있었군요. 사람이 죽으면 혼은 양이라서 자유롭게 하늘로 돌아가고 백은 음이니 차분히 땅으로 돌아간다고 합니다. 우리가 우주의 어느 별에서 왔다는 것을 생각하면 이해가 갑니다. 몸은 땅에 묻혀 자연으로 돌아가고 몸 안의 사람은 우주로 다시 돌아가는 시스템 같아요. 죽음이 슬픈 일이지만 이렇게 생각하니 낭만적이기도 합니다. 이처럼 초혼은 죽은 이의 넋을 부르는 행위입니다. 그것도 지붕 위에 올라가 죽은 사람 옷을 흔들며 호명하는 것이지요.

죽음에 이르러 이름을 부른다는 것이 예사롭지 않습니다. 김춘수 시 「꽃」에서 '내가 그의 이름을 불러주었을 때' 그가 꽃이 되었다는 표현이 있지요. 불러 주지 않으면 있어도 없는 것과 같다는 뜻입니다. 그러므로 죽음에 이르러서는 그가 어떤 신분이건 무슨 생각을 했건 어떻게 살았건 간에 그의 이름을 부르며 '애도哀悼'하는 게 사람에 대해 마지막으로 차려야 하는 예의입니다. 기도가 정해진 형식에 맞춰 자기 고백하는 것이라면 애도는 형식에 구애받지 않고 타자를 떠올리며 슬픔을 함께하려는 연민이라 할 수 있습니다. 조금 어렵지만 적당히 슬퍼하는 것이 아니라 너와 나는 같은 존재였다고 소리 높여 외치는 것입니다. 이처럼 애도는 인간의 가장 고양된 정신을 나타내는 것입니다. 그래서 시민이 갖춰야 할 품성이라 할 수 있습니다.

시로 돌아가 보면 이름이 산산이 부서졌으니 존재 사실이 사라졌네요. 그것이 죽음이라고 소월은 슬퍼합니다. 아쉬움이 남아 견딜 수 없습니다. 마음속에 담아 두었을 뿐 죽은 이를 평소에 불러 세우지 못한 것을 후회하고 있습니다. 죽은 이와 소월 사이는 죽음이 갈라놓았는데 그 사이를 '떨어져 나가 앉은 산'과 '하늘과 땅 사이'만큼 멀다고 애도합니다. 그렇지만 거기에 머물지 않고 소월 시 쓰기 수법에서 보듯 죽음을 무릅쓰고 너를 보내지 않겠다고 다짐합니다. 그래서 소월의 이름 부르기는 누가 시켜 억지로 하는 것이 아니라 모든 형식을 뛰어넘어 오로지 너와 나 단둘이 마주하겠다는 타자 읽기라 할 수 있습니다.

'사랑하던 그 사람'이 누구인가. 의미 찾기를 하면 실제 소월의 애인일 수도 있고, 나라 잃은 시절이었으니 조국이라 할 수도 있고, 일본 제국주의 압제에 시달리던 당시 우리나라 사람들일 수도 있습니다. "시는 의미하는 것이 아니라 존재하는 것"이라는 유명한 말이 있습니다. 역시 뜻을 쉽게 알 수는 없지만 꼭 '그 사람'이 애인, 조국, 민중 식으로 규정해서는 안 된다는 말입니다. 누구나 임이 될 수 있다는 뜻입니다. 그런 측면에서 이 시에서 절규하며 부르는 이름은 너일 수도 나일 수도, 나아가 여러분일 수도 있습니다. 그만큼 소월의 임은 열려있습니다. 이 갇혀 있지 않은 시가 소월의 시라는 점을 높이 삽니다.

소월은 어릴 때부터 신동 소리를 들었지만 수줍음과 낯가림이 심했습니다. 우리 주위에 그런 친구들 있지요. 그래서 종종 따돌림을 당하기도 하지 않나요. 소월에게 어릴 적 동네 친구 상섭이 있었습니다. 그는 소월보다 세 살 위였습니다. 그런데 몸이 약해 결혼하고 얼마 지나지 않아 어린 딸 하나만 남기고 죽음에 이르렀다고 합니다. 상섭을 떠올리면 이 시에 나오는 '그 사람'이 더 실감나게 다가옵니다. 평소 나누지 못했던 우정이 너무 아쉬워 소월의 마음을 흔들어 놓았겠지요. 내가 싫다고 나를 버리고 가는 임과 이별하는 것과는 다른 헤어짐입니다. 이렇게까지 애도하지 않는다면 평생 짐이 될 것 같습니다. 그만큼 친구를 얼마나 아꼈는지 잘 알 수 있습니다. 누군가의 불행, 아픔, 나아가 죽음이 곧 내 것이라는 깨달음을 우리에게 주고 있습니다. 이때 그 누군가는 우리 모두입니다. 친한 사람들을 넘어 모르는 사람들까지도 더불어 생각하는 태도입니다. 최근에 겪었던 사회적 참사를 떠올리면 소월의 시가 얼마나 생생한지 모릅니다.

스스로 피고
스스로 지는 자유

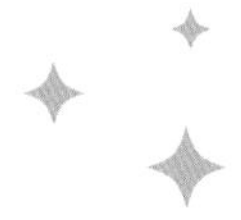

산에는 꽃 피네

꽃이 피네

갈 봄 여름 없이

꽃이 피네

산에

산에

피는 꽃은

저만치 혼자서 피어 있네

산에서 우는 작은 새여

꽃이 좋아

산에서

사노라네

산에는 꽃 지네

꽃이 지네

갈 봄 여름 없이

꽃이 지네

—「**산유화**」

소월 시 중 가장 어렵습니다. 그런 만큼 많은 연구자와 학자들이 소중히 여깁니다. 아마 「진달래꽃」보다 더 할 말이 많아서 그런가 봅니다. 평론가나 연구자들은 일반 독자들에게 무슨 비밀을 얘기해 주는 것에 사명감을 느끼지 않을까요. 이게 진짜 예술이야 그렇게 말하는 것이 폼이 나긴 하지요. 「진달래꽃」에 소월의 감정이 겉으로 드러난다면 이 시는 담담합니다. 인공 지능이 영혼 없이 말하는 것처럼 보입니다. 소월의 대표시를 너무 무덤덤하게 봤나요?

제목도 그렇습니다. '산유화'는 '山有花' 즉, 산에 있는 꽃입니다.

들에도 있고, 집에도 있고 꽃은 어디든 있는데 산에 있다고 해서 무엇이 특별한가요. 내용도 그렇습니다. 산에는 계절 내내 꽃이 피고 진다고 합니다. 거기에 작은 새도 살고 있다고 말합니다. 그러니 이게 시야 하는 말이 나올 만합니다. 그리고 정말 소월이 썼을까 하는 의심도 듭니다. 실제 이 시는 옛 민요 「산유화요山有花謠」와 관련이 있다고 봅니다.

① 산유화혜山有花兮 산유화혜
저 꽃 피어 농사일 시작하여
저 꽃 지더락 필역畢役하세

② 산유화혜 산유화혜
부소산 높아 있고
구룡포는 깊어 있다.

①은 경상도 지방 민요이고 ②는 부여 지방 민요입니다. 이외에도 우리나라 곳곳에 퍼져 있다고 합니다. 언뜻 보니 비슷하지 않나요? 이런 것은 제 은사인 김학동 선생님이 조사하여 책으로 묶은 데 적혀 있습니다. 저는 살짝 보고 여러분과 이야기하는데 쓸 뿐입

니다. 그런데 이렇게 전문적으로 다가가면 여러분은 곧 쓰러지고 말 겁니다. 그렇지요? 소월이 숙모에게 민요를 많이 들었다고 했지요. 소월은 똑똑해서 들으면 잊지 않고 사람들 앞에서 그대로 노래를 했다고 합니다. 그러니 소월의 시와 민요와는 무슨 관계가 있지 않겠어요? 이러한 성질을 상호텍스트성이라 합니다. 시와 민요 간에 서로 무언가 영향 관계가 있다는 뜻이지요. 어려운 얘기는 여기까지. 중요한 것은 옛 노래를 어떻게 자기화했는가 입니다. 무슨 생각으로 그렇게 했을까 하는 겁니다.

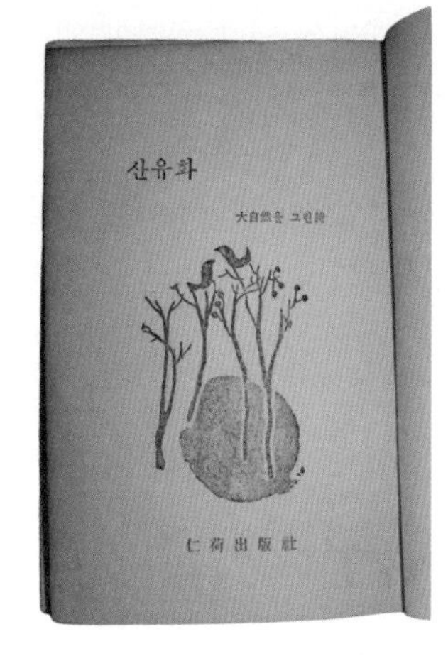

시집 『산유하』(인하출판사, 1972)

특별하게 도드라진 삶을 살지 않으면 사람들은 잘 드러나지 않습니다. 그렇기에 주목하지 않는 삶이기도 합니다. 일상을 사는 사람들이기 때문에 '일상인'이라고 부르기도 합니다. 역사는 영웅들의 기록입니다. 그래서 일반 사람들은 기록에 남지 않습니다. 옛날에는 영웅들의 신화적 이야기를 중요하게 여겼지요. 권력과 힘을 가진 사람들이 지배하는 봉건적인 사회였기 때문입니다. 하지만 현대 사회에 들어 민주주의가 정착되면서 일반 사람들이 소중한 존재라는 것을 깨닫게 됩니다. 있는 데도 보이지 않는 것처럼 생각하다 이제 눈에 든 모양입니다.

「산유화」에서 사람들이 가장 눈여겨 본 것은 '저만치'라는 표현입니다. 많은 사람들이 소월의 삶과 죽음, 슬픔과 상심을 생각하며 그 말은 분명 소월의 죽음관, 즉 죽음에 대해 생각하는 태도라고 여겼습니다. 꽃이 혼자서 피어 있는데 시인이 보기에 그 거리가 '저만치'라고 하니 죽음에 가까이 있는 시인과 살아 있는 꽃과의 거리가 그렇다는 것이지요. 그만큼 삶과 죽음의 거리가 멀지 않다는 말로 이해할 수 있습니다.

'저만치'를 시인이 생각하는 생사관으로 읽는다면 자기를 중심에 둔 시각은 아닐까요. 눈을 돌려 꽃이 주체라면 꽃은 시인과 상관없이 '저만치'서 산에 피어 있을 따름입니다. 누가 어떤 눈으로 바라보든, 바라보는 누군가가 어떤 목적으로 대하든 꽃은 멀지도 않은 우리 주위 '저만치'서 자연스럽게 피어 있습니다. 소월은 그 모습이 좋았던 것 같습니다. 누가 뭐래도 '갈 봄 여름없이' 늘 산에 피어 있는 꽃처럼 살고 싶었을지도 모릅니다. 거기에 꽃과 새가 서로 사이좋게 지내는 모습이 부러웠을 겁니다. 그만큼 소월의 삶은 고통의 연속이었습니다. 사업 실패에서 벗어날 수 없었으며 일제의 감시가 견딜 수 없었습니다. 아무리 아름다운 노래를 부르려 해도 마음은 자꾸 죽음을 향해 가고 있었습니다. 그때 꽃은 저만치서 피어 있습니다. 소월은 그때 깨달았을 겁니다. 평범한 사람들은 스스로 피고 스스로 지는 자유인이라는 것을.

소월의 노래는 자유의 노래

공중空中에 떠다니는

저기 저 새여

네 몸에는 털 있고 깃이 있지.

밭에는 밭곡식

논에 물벼

눌하게 익어서 숙으러졌네.

초산楚山 지나 적유령狄踰嶺

넘어선다.

짐 실은 저 나귀는 너 왜 넘니?

—「옷과 밥과 자유」

숙모와 이야기를 나누는 중에 소월은 '거미줄에 걸린 잠자리' 같다고 신세 한탄을 했답니다. 완고한 할아버지와 냉정한 어머니, 장자로서 책임을 다해야 하는 유교 인습, 일제 감시의 눈초리가 굴레였습니다. 거미줄 같이 옭아맨 현실의 부자유가 그를 죽음에 이르게 했습니다. 실제 소월은 시를 통해 죽음을 극복하고 삶의 의지를 불태웠습니다. 그가 우리에게 들려 준 '한'의 노래는 그의 진면목이 아니라 생각합니다.

누군가 죽음과 맞서 있다면 그것은 분명 삶의 위기가 닥친 것입니다. 사회적으로 힘이 약하거나 고통 속에 있는 사람들을 '소수자'라고 합니다. 숫자가 적어 그런 것이 아니라 그들이 중심에 있지 않고 주변에 있기에 그렇게 부릅니다. 오히려 우리 사회 대다수가 소수자라 할 수 있습니다. 보호받지 못하고 불안한 삶을 살기에 소수자들이 겪는 일들은 죽음과 같습니다. 그 말은 생활이 늘 위험에 드러나 있다는 뜻이기도 합니다. 소월의 시는 그러한 소수자의 정서와 현실을 담았습니다. 현실을 외면하고 어두운 부분만 강조할

시집 『옷과 밥과 자유』
(민음사, 1977)

때 우울한 감정만 남게 됩니다. '멜랑콜리 melancholy'라는 말을 아나요? 프랑스 말에서 나왔는데, 색감이 '검다'는 뜻입니다. 한 마디로 어둡다는 것이지요. 그래서 누군가에게 "너는 멜랑콜리해." 그러면 "너는 느낌이 어두워"라는 뜻이겠죠. 정신 분석학에서는 '우울증 상태'로 봅니다. 그렇게 보니 소월에게 붙여진 '한'이라는 분위기도 멜랑콜리한 것은 아닌가요. 어쩌면 소월을 민족 시인이라 추앙하면서도 우울증 상태에 빠진 우리 자화상을 빗댄 것은 아닐까요. 자기 자신을 미워하고 존중하지 않는 모습이라 할 수 있습니다.

이 시는 종래 알고 있던 소월과 다른 얼굴을 담고 있습니다. 소월에게 가장 중요하고 시급한 것은 죽음도, 이별도, 슬픔도 아니었습니다. 오로지 살아가는 일입니다. 시 제목에서 그것이 오롯이 드러납니다. 특히 소수자들에게 '옷과 밥', 즉 '입고 먹는 일'은 목숨과도 같습니다. 죽음에 이르렀다면 그것은 삶의 위기, 즉 '의식주'와 연관된 일이 분명합니다. 궁극적으로 이 삶의 문제가 인간의 자유를 거미줄처럼 엉겨 붙어 구속하는 것이 큰일입니다.

시인은 자유로운 존재들을 부러워합니다. 공중을 날아다니는 새들은 옷을 걱정할 필요 없습니다. 누군가에게 의지하지 않아도 자연히 털도 있고 깃도 있으니 얼마나 자유로울까요. 사람은 그저 벌거숭이일 뿐입니다. 누군가의 보살핌이 없으면 위험한 상태에 빠지게 되는데 그러지 못해 늘 불안합니다. 밭과 논에는 곡식과 벼가 누렇게 익어 가고 있습니다. 그러나 소수자의 것은 아닙니다. 허기져도 맘대로 가질 수 없습니다. 이 빈곤이 자유를 억압합니다.

초산은 평안북도에 있는 시골로 우리나라 북쪽 끝 중국과 경계를 맞대고 있는 곳입니다. 거기를 지나 적유령은 옛날 오랑캐들이 쫓겨 넘어갔다 해서 붙여진 산맥으로 정말 험난한 곳입니다. 시인은 묻습니다. '짐 실은 나귀'는 소월 자신이라 생각하며 자기 자신에게 너 왜 거기 넘으려 하냐고 되묻고 있습니다.

왜 소월은 적유령을 넘으려 하는 걸까요. 상상해 보세요. 적유령을 넘어가면 어디인가요. 만주 벌판입니다. 갑자기 연암 박지원의 「호곡장론好哭場論」이 떠오릅니다. 이 글은 『열하일기』에 실려 있는데 '호곡장'은 '목 놓아 울기 좋은 장소'라는 뜻입니다. 저도 연수 때 가본 적이 있습니다. 끝없이 펼쳐진 지평선에 푸른 풀무리가 바람에 휩쓸려 춤추는 듯 마음을 울렁이게 했습니다. 연암이 누군지 잘 알지요? 설움이 많은 사람이었지요. 꿈이 있어도 현실에서 받아주지 않는 처지 때문에 가슴속에 한을 품고 살았던 실학자이지요.

그곳에서 연암은 하염없이 통곡합니다. 그동안 맺혔던 설움을 한꺼번에 쏟아 냈습니다. 어쩌면 조선의 좁은 땅덩어리 속에서 거미줄에 걸려 살다 비로소 자유를 느꼈을지도 모릅니다.

만주 땅은 우리 옛 영토이기도 합니다. 아주 오래 전 우리 민족이 서로 자유롭게 살던 땅입니다. 그리고 소월이 살았던 시대에는 나라 망하고 일제 핍박에 못 이겨 야반도주, 즉 밤을 틈타 떠나는 사람들이 많았습니다. 그들을 유이민流移民이라 부릅니다. 떠도는 사람들입니다. 유태인에 빗대면 디아스포라이지요.

소월은 옷과 밥에서 자유롭지 못한 처지를 잘 알고 있습니다. 그래서 자유를 찾아 떠나야 한다고 말합니다. 그것을 나귀에게 묻듯이 스스로에게 확인 또 확인하고 있습니다. 이렇게 보니 소월의 노래는 '한'의 노래가 아니라 '자유'의 노래였습니다. 죽음과 슬픔과 비인간에서 벗어나려는 고대 아테네 시민의 노래라 해도 괜찮을 것 같습니다. 아테네 시민들은 오이디푸스 이야기를 들으며 아버지를 죽이고 어머니와 혼인하는 불행을 연민합니다. 길에서 죽은 오빠를 위해 죽음을 무릅쓴 안티고네를 응원합니다. 왜냐하면 사람은 길에서 죽게 되면 개와 늑대가 시신을 훼손하기 때문에 반드시 고향으로 돌아가 땅에 묻혀야 하는 풍습이 있기 때문입니다. 그것은 죽음을 삶의 중요한 계기로 삼는 시민들의 품성이라 할 수 있습니다. 시민들은 이처럼 공동체의 이야기를 자기 것으로 삼는 데 그중에 죽음을 대가로 사람을 옥죄는 억압에서 벗어나는 생명의 자유를 가장 소중한 가치로 여겼습니다.

이제 소월 이야기를 마무리해야겠네요. 소월이 우리 민족 정서를 잘 받든 것을 소중히 여겨야 합니다. 우리의 소중한 문화 자산이니까요. 그러기 위해 오늘 현실에 맞는 소월을 다시 불러 왔으면 합니다. 그 모습은 자기 설움에 한이 맺힌 존재가 아니라 모든 부자유를 딛고 자유를 꿈꾸었던 시민 시인이었다는 것을 되새겼으면 합니다.

나혜석

자기를 잊지 않고 살아가는 내게 행복을

여류 시인이란 말 들어 보았을까요. '여류女流'라는 말은 '어떤 전문적인 일에 능숙한 여자'를 이릅니다. 여류 시인 허난설헌, 여류 화가 신사임당 등 이름 머리에 쓰는 말입니다. 이상하지 않나요? 그럼 '남류'는 없는가요. 없네요. 그 말은 전문적인 일은 남성 분야이기 때문에 가끔가다 가물에 콩 나듯 눈에 띄는 일을 하는 여성에게 붙이는 말입니다. 성차별적 표현입니다. 물론 남성 입장에서는 대수롭지 않겠지만 듣는 여성은 불쾌하기 짝이 없습니다. 아직도 여류 시인, 여류 작가, 여류 화가, 여류 예술가 등등 운운하는 사람들이 있습니다. 소위 말해서 꼰대가 틀림없습니다. 만약 여러분도 이런 생각에 불편하지 않다면 '젊꼰(젊은 꼰대)' 아닐까요.

여류라는 딱지를 일찌감치 스스로 떼어 버린 여성이 있습니다.

나혜석(1896~1948)

나혜석입니다. 우리나라 최초 여성 서양화가이며 작가이고 민족주의자이고 여성 해방론자이자 온갖 모순의 중심에 선 선각자입니다. 여러 분야에서 여성 최초라는 별호를 갖고 있으니 요즘 말로 셀럽celebrity입니다. 나아가 보수적인 사람들에게 듣기 거북하겠지만 여성 최초 이혼 선언자이기도 합니다. 여성 최초로 세계 여행을 한 장본인이라는 사실은 덤입니다. 당시 유행했던 신여성이라는 말로는 다 담을 수 없는 사람입니다. 그런데 역사에서 잊힌 존재입니다. 이처럼 삶이 롤러코스터 같을 수는 없습니다. 행려병자로 떠돌다 길에서 죽은 삭제된 시인입니다. 톨스토이가 길에서 죽은 것은 스스로 선택한 길입니다. 기존 종교와 가정, 사회 분위기에서 벗어나 자기만의 세계를 추구하다 사라진 것이지요. 그러나 나혜석은 우리 사회가 거부하여 퇴출당한 경우입니다.

우리 현대시를 돌이켜 보면 1920년대는 상실로 점철된 시절입니다. 3·1운동 좌절 이후 자기 자신을 잃어버린 때입니다. 사람들은 일제에 편들고 종으로 살든가, 아니면 이 땅을 떠나 독립군이 되든가 디아스포라처럼 떠돌이가 되든지, 이도 저도 아니면 미친 사람처럼 살 수밖에 없었습니다. 시인들은 대부분 슬픔, 눈물, 백일몽, 죽음 속으로 도피하고 맙니다. 낭만적 분위기 속에서 숨죽여 세월을 보내고 있을 때입니다. 그런데 나혜석은 달랐습니다. 온몸으로 시를 써야 한다는 김수영의 시 정신을 김수영이 태어날 즈음에 이미 실천했습니다. 그럼으로써 나혜석은 역사에서 사라졌고 잊혔으며 미움받습니다. 인간은 사랑 받기 위해 평생을 애쓰는지도 모릅니다. 이 땅에서 여자로 산다는 것, 남자로 산다는 것은 쉬운 일이 아닌 것 같습니다. 미움 받기를 주저하지 않을 때만이 억압에서 자유로울 수 있지 않을까요. 진정 사람으로 살기 위해 그렇습니다.

장벽을 넘어
기꺼이 미움 받기 위해

1

내가 인형을 가지고 놀 때

기뻐하듯

아버지의 딸인 인형으로

남편의 아내 인형으로

그들을 기쁘게 하는

위안물 되도다

노라를 놓아라

최후로 순수하게

엄밀히 막아논

장벽에서

견고히 닫혔던

문을 열고

노라를 놓아주게

2

남편과 자식들에게 대한

의무같이

내게는 신성한 의무 있네

나를 사람으로 만드는

사명의 길로 밟아서

사람이 되고저

3

나는 안다 억제할 수 없는

내 마음에서

온통을 다 헐어 맛보이는

진정 사람을 제하고는

내 몸이 값없는 것을

내 이제 깨도다

4

아아 사랑하는 소녀들아

나를 보아

정성으로 몸을 바쳐다오

맑은 암흑 횡행할지나

다른 날, 폭풍우 뒤에

사람은 너와 나

—「인형의 가家」

1879년 노르웨이 극작가 헨리크 입센Henrik Ibsen이 『인형의 집Et dukkehjem』을 발표합니다. 사십 여년이 흘러 이 작품은 1921년 1월 25일 『매일신보』에 번역 연재됩니다. 3막 중 마지막 회에 나혜석이 가사를 쓰고 유명 변사였던 김영환이 곡을 붙여 싣습니다. 백 년이 훌쩍 흐른 지금 이 시가 오히려 낯설지 않은 것은 왜일까요. 진정 사람은 누구일까 자꾸 되묻게 되는 현실 상황 때문은 아닐까요. 내가 나 같지 않을 때 존재론적으로 소외당했다고 말합니다. 사람으

나혜석 거리(수원) 부조물에 새겨진 시『인형의 가家』

로서 대우받지 못하고 한낱 사물처럼 대상화 되었기 때문입니다.

나혜석은 낯선 자신을 앞에 두고 진정 내가 사람이냐 묻고 있습니다. 이 세상 여자의 일생이 그렇고 그런 것이 아니냐 그냥 생긴 대로 살자고 누군가의 인형처럼 위안이 되는 것도 나쁘지 않다고 귀에 못이 박혔을 소리 거둬내고 입센의 노라가 되어 뛰쳐나가려 합니다. 그때부터 칠흑 같은 '암흑'이 '횡행', 앞을 가로지를 것이라는 것을 그는 알고 있습니다. '견고'한 '장벽'을 넘는 일은 미움 받기 십상입니다. 가혹한 형벌이 뒤따릅니다. 그래도 '폭풍우'를 무릅쓰지 않는다면 결코 사람으로서 살 수 없을 것 같다고 소리 높여 외칩니다.

실제로 나혜석은『인형의 집』노라처럼 집을 나가게 됩니다. 하지만 그것은 그의 뜻이 아니었습니다. 여러 이유로 남편 김우영에게 이혼을 강요당했습니다. 김우영은 변호사로서 귀족 신분입니다. 옛 전통을 버릴 수 없는 사람입니다. 자신은 기생과 첩을 두고 살면서 나혜석의 행동을 비난하고 책잡아 쫓아내려 했지요. 나혜

「이혼 고백서」(『삼천리』 8, 9월호, 1934)

석의 사회생활을 두고 당시 사람들이 수군거리곤 했습니다. 여러분에게 자세한 이야기를 하지 못해 안타깝네요. 어른 세계에서 벌어지는 일이라 시시콜콜 말할 수 없네요. 그래도 어느 정도는 여러분도 짐작할 수 있으리라 봅니다. 중요한 것은 남녀가, 부부가 평등해야 한다는 사실입니다. 가정에서 일어나는 일은 남녀를 가려 판단할 수 없습니다. 이런 주장을 나혜석은 「이혼 고백서」(『삼천리』 8, 9월호, 1934)이라는 글을 발표해 온 세상에 알립니다. 대단하지 않나요. 지금도 가정에서 일어나는 일은 쉬쉬하는데 그는 두려움이 없었습니다. 이처럼 자기 의지대로 살아가는 주체야말로 진정 시민입니다.

두려움 없이
맨 앞에 서서

그는 발-서와서 내 옆에 앉았었으나 나는 눈을 뜨지 못하였다.

아 아! 어쩌면 그렇게 잠이 깊이 들었었는지

그가 왔을 때에는 나는 숙수중熟睡中이었다

그는 좋은 음악을 내 머리맡에서 불렀었으나

나는 조금도 몰랐었다. 이렇게 귀중한 밤을 수없이 그냥 보내었구나

아아 왜 진시趁時 그를 보지 못하였는가

아아 빛아! 빛아! 정화情火를 키어라.

언제까지든지 내 옆에 있어다오

아아 빛아! 마찰摩擦을 식혀라
아무 것도 모르고 자는 나를 깨운 이상에는
내게서 불이 일어나도록 뜨겁게 만들어라.
이것이 깨워준 너의 사명이오
깨인 나의 직분職分일다
아! 빛아! 내 옆에 있는 빛아!

—「빛光」

이 시는 나혜석이 쓴 최초 작품입니다. 1918년『여자계』에 발표했으니 백 년도 더 된 작품입니다.『여자계』는『학지광』과 더불어 일본 유학생들이 만든 잡지입니다. 당시 나혜석은 여자 미술 학교에 유학 중이었고『여자계』에 참여했습니다. 참관인으로『무정』을 쓴 이광수,「화수분」을 쓴 전영택의 이름이 보입니다. 우리 초기 문학 속에 나혜석이 엄연히 자리하고 있다는 사실을 증명하지요.

신 프로메테우스가 인간을 사랑해 불을 훔쳐 인간에게 갖다주었다는 신화를 잘 알고 있지요. 그리고 그 대가를 톡톡히 치러야 했다는 것도 알지요. 독수리에게 간을 쪼이는 아픔을 마다 않고 인간에게 건네 준 불이 누구에게나 쓰임이 되어야 하는 것은 당연합니다. 그처럼 빛도 모든 이에게 비치는 축복이어야 합니다. 비유적이지만 그 빛을 시인은 보지 못했습니다. 이상하지요. 분명 모두의 것인데 누군가는 소외되고 있네요. 이 시는 그동안 이러한 사실을 알아채지 못한 자신의 눈멂을 탓하고 있습니다.

빛이 늘 곁에 있었는데 그것도 모르고 잠만 자고 있었네요. 잠자는 숲속의 공주처럼 백마 탄 왕자가 와서 입을 맞춰야 깨어날 수 있을까요? 이때까지도 아니 한참 후에도 여성들은 그날을 기다렸지요. 그런데 나혜석은 아닙니다. 스스로 깨쳤습니다. 빛이 주는 평등을 알게 되었습니다. 그래서 그 빛으로 불을 일으키려 합니다. 여자나 남자나 동등하게 맡은 일을 해야겠다는 다짐을 합니다. 그러므로 그는 '앞서 생각하는 자' 프로메테우스의 후예로 살아가리라 예언합니다. 프로메테우스의 고통도 똑같이 받아야 함은 물론입니다. 이 시를 쓰기 한 해 전 1917년『학지광』에 다음과 같은 글을 발표합니다.

> "우리가 욕심을 내지 아니하면 우리 자손들을 무엇을 주어 살리잔 말이오? 우리가 비난을 받지 않으면 우리의 역사를

무엇으로 꾸미잔 말이오? 다행히 우리 조선여자 중에 누구라도 가치있는 욕을 먹는 자가 있다 하면 우리는 안심이오."

— 「잡감雜感—K 언니에게 여與함」에서

두려움이 없다는 점에서 맨 앞에서 선 사람입니다. 그러니 미움 받을 수밖에 없습니다. 누군가 말한 미움 받을 용기는 이런 것이 아닐까요. 자기를 앞세우고 뽐내는 것, 즉 소위 관종關種이 아니라 나는 욕을 먹더라도 비난을 마다하지 않겠다는 의연한 모습 말입니다. 이런 태도를보고 역사의식을 갖추었다고 말할 수 있습니다. '역사 인식'과 '역사의식'을 구분하자는 말씀. '역사 인식'은 그냥 역사적 사실을 알고 있다는 정도를 말합니다. 언제 무슨 일이 일어났는지 줄줄 연도를 외우는 일과 같습니다. 역사의식은 그뿐만이 아니라 생각하는 겁니다. 역사 사실 속에서 나는 무언가, 나와 무슨 관계가 있는가 깨닫는 겁니다. 나혜석은 역사의식이 투철한 시민입니다.

상징 숲에서 나와
온몸으로

벽도 없이 문도 없이

동하여 광야 되고

쌩쌩 돌아가는

어쩌면 있는 듯

어쩌면 없는 듯

갖은 빛 찬란하게

그리도 곱던 색에

매몰히 씌워주는

검은 장막 가리우니

이내 작은 몸

공중에 떠 있는 듯

구석에 끼여 있는 듯

침상 아래 눌려 있는 듯

오그려졌다 펴졌다

땀흘렸다 으스스 추웠다

—「모母된 감상기」

이 시는 『동명』(1923. 1. 14.)에 발표된 작품으로 출산의 고통을 담고 있습니다. 시대를 생각한다면 어떤 상황을 비유하지 않았을까요. 산모의 몸은 잃어버린 우리 국토를 은유한다든지. 아마 대부분 그렇게 이해하곤 했지요. 하지만 이 시에서는 그러한 비유 없이 단지 출산의 고통을 통해 경험하는 여성의 신체를 강조하고 있습니다. 아기 엄마의 몸은 부풀려졌다 꺼지는 풍선처럼 떠 있기도, 끼여 있기도, 눌리기도 하여 이게 내 몸인지 누구 몸인지 알 수가 없네요. 이것을 산고産苦라고도 하지요. 그만큼 상상할 수 없는 고통을 겪고 아이가 탄생한다는 말이지요. 경험한 사람만이 아는 것이니 특히 남성은 알 길이 없네요. 그러한 측면에서 남성 중심적인 사회에서는 여성이 겪는 어려움 중에 하나이기도 합니다. 여성은 그저 아이를 낳는 존재밖에 되지 않기 때문입니다.

나혜석 그림, 『농촌 풍경』(1920)

요즘 시에서도 정신보다는 몸에 더 눈길을 두는 편입니다. 정신은 상징으로 드러나곤 합니다. 예를 들어 평화를 가리키기 위해 비둘기를 대신 얘기하는 것과 같습니다. 그래서 비둘기 하면 평화의 상징이 되는 거죠. 그런데 평화라는 고귀한 가치를 위해 비둘기 자체보다 비둘기의 일부를 가져온다는 것을 알아챘나요. 비둘기의 이미지, 특징, 습성이 평화로 옮겨간 것이지요. 상징은 그만큼 힘이 셉니다. 우리를 에워싼 모든 제도와 규칙, 법들이 다 상징입니다. 이상한 것은 어떤 때는 사람보다 이러한 상징이 중요한 때가 있습니다. 이때 상징은 논리에 가깝습니다.

논리는 무언가를 옳다고 믿는 것을 뒷받침해 주는 원리와 같은 것입니다. 그만큼 실체가 없는 것입니다. 여기다 붙이면 여기가 되고 저기다 붙이면 저기가 되니 이상할 따름입니다. 그래서 인간을 억압하는 도구가 되기도 합니다. 이와 달리 몸은 생생하게 눈앞에 보이는 것이기에 특별히 꾸미거나 논리를 붙일 필요가 없습니다. 몸은 즉각 느끼고 반응하고 표현하기 때문입니다. 그래서 요즘 여러분도 말보다 몸으로 말하길 좋아하지 않나요. 그만큼 솔직하기 때문입니다. 나혜석은 다른 시인들이 상징의 숲에서 헤맬 때 몸을 표현의 중심에 두었다는 데서 매우 현대적입니다. 전위적이란 말 아나요. 전쟁 때 맨 앞에 서는 군인들을 생각하면 됩니다. 죽음 앞에 맨 먼저 서 있는 모양이지요. 예술적으로는 아방가르드avant-garde라고 부릅니다. 기존 예술의 틀을 깨고 새로운 형식과 내용으로 무장한 시민들이죠. 백 년 전 나혜석이 벌써 몸으로 실천했네요.

포기하지 않고
스스로 열린 존재가 되어

쏠쏠흐르는 져 내물

흐린 날은 푸루죽 푸루죽

맑은 날은 반짝반짝

캄캄한 밤 흑색黑色갓치

비오면 방울방울

눈오면 녹혀주고

바람불면 문의지어

이참붓허 저녁까지

밤붓허 새벽까지

춥든지 더웁든지

실튼지 좃흔지

언제든지 쉬임 업시
외롭게 흐르는 내물

내물! 내물!
저러케 흘너셔
호湖되고 강江되고 해海되면
흐리든 물 맑아지고
맑든 물 퍼래지고
퍼렁튼 물 까지고

—「내물」

나혜석은 전통적인 모성母性을 부정합니다. 다시 말해 어머니로서 가져야 할 여성의 상징성을 거부합니다. 이는 그가 사회에서 추방당하는 빌미 중 하나입니다. 유교적 생각을 따르는 사람들은 도저히 이해할 수 없는 행동입니다. 어쩌면 오늘날 이슬람 근본주의 사회에서 일어나고 있는 일을 떠올리면 쉽게 납득이 갈 겁니다. 그런데 나혜석이 부정하는 것은 모성 신비주의입니다. 어머니를 신성한 존재로 여기고 받드는 태도입니다. 어머니를 그렇게 높은 곳에 있는 존재로 여기면 어머니가 될 여성들은 어때야 하는가요. 절대 나쁜 마음, 그릇된 행동을 해서는 안 됩니다. 한편으로 어머니를 존중하는 것 같지만 다른 한편으로는 여성을 억압하는 좋은 수단이기도 합니다. 나혜석은 이러한 모순을 비판한 것이지요.

그런데 여러분, 어머니가 정말 자애롭고 따뜻한 사람인 거 맞나요. 이렇게 말하면 누군가 한심하다는 눈으로 보겠지만 엄마는 정말 내 편인가요? 돌이켜 보면 엄마는 천사이기도 했다가 뺑덕어멈처럼 악마이기도 했다가 교양 있는 목소리로 남을 대하다가도 갑자기 내게 사납게 으르렁 대기도 하고 종잡을 수 없지 않나요. 나혜석은 그런 엄마가 진짜 여성이라고 주장하는 겁니다. 그래서 다음과 같이 말합니다.

> "세인들은 항용, 모친의 애愛라는 것은 처음부터 어머니 된 자 마음속에 귀하게 있는 것같이 말하나, 나는 도무지 그렇게 생각이 들지 않았다. 혹 있다 하면 제2차부터 모母될 때야 있을 수 있다. 즉 경험과 시간을 경經하여야만 있는 듯싶다."
>
> —「모母된 감상기」에서

핵심은 처음부터 모성이 생기지 않는다는 겁니다. 낳은 정이 소중하다고 말하지만 기른 정이 더 실감난다고 말합니다. 낳은 정을 강조하는 것은 핏줄이라는 혈연적 인연을 중요하게 여기는 전통적 모성이라 할 수 있습니다. 그에 비해 기른 정은 사회적 경험과 관계를 더 가치 있게 여기는 태도입니다. 시간이 필요하다는 것이지요. 서로 알아야 정도 생기니 말입니다. 이런 측면에서 나혜석이 하는 말은 오늘날 시민 사회에서 구성원들이 갖춰야 할 덕목이라 할 수 있습니다. 서로 사귀면서 정을 쌓는 사회.

'경험과 시간'이라는 말이 눈에 띕니다. 가스통 바슐라르Gaston Bachelard라는 프랑스 과학 철학자가 이런 말을 했습니다. '최초 실재와 논쟁하라'. 상상력을 키우려면 그렇게 하라는 겁니다. 최초 실재는 타고난 조건을 말합니다. 실재는 리얼리티reality라고 하지요. 여러분도 자기와 상관없이 태어나고 부모를 만나고 대한민국 사람이 되고 그렇지 않습니까. 자기 선택이 아니라 이미 주어진 것 말입니다. 그것 때문에 맘 상하고 견딜 수 없어 일탈도 하고 그렇지요. 엄마와 아기의 만남은 최초의 실재 같은 것이라 할 수 있습니다. 아이와 엄마도 자기 선택이 아니라 그런 인연으로 만난 거지요. 그러니 그것에 너무 연연하지 말고 자기 삶을 살라 하는 뜻입니다. 사회 안에서 사람들과 어울리며 타고난 상황을 자기 의지대로 바꾸고 자기 삶을 중심에 두고 살아가자는 것이지요. 모성도 마찬가지라는 말이지요.

정작 시를 살펴보지 않았네요. 이 시에서 여성의 분신인 냇물은 바다로 흘러갑니다. 바다는 어머니입니다. 시인은 흐린 날이건, 맑은 날이건, 달밤이건, 비가 오든, 눈이 오든, 바람이 불든, 춥든, 덥든 어떤 상황에 처하든 언제든 다 품을 마음가짐입니다. 시인은 외롭습니다. 뭔가 다르기 때문입니다. 여러 성격을 지니고 있으니 다중이일까요. 원래 그렇다는 것입니다. 한 가지로 규정할 수 없는 것이 사람이고 여성도 그렇다는 겁입니다. 내 안에 내가 너무나 많다는 노래도 있지 않나요. 이것을 인간 주체의 복수성이라 합니다. 그래서 단일하게 고정된 여성의 신비성에서 벗어나 자연 여성 그대로 다양하게 드러나는 여성의 본래 모습을 인정하자는 겁니다. 이것이 나혜석이 가고자 했던 거대한 바다입니다. 당대 상실 상황을 새로운 여성 주체 속에서 다시 드러나게 하려는 것을 그의 시에서 보게 됩니다.

이제 마무리해야겠네요. 시민 시인으로서 나혜석은 우리 곁에서 사라진 존재입니다. 그러나 그의 이야기는 시민 사회의 거대한 물줄기 속에 남아 있습니다. 내가 누구냐고 고민하는 것은 사회 일원으로서 우리 사회 이야기 속에 자연스럽게 같이할 수 있는가를 묻는 일입니다. 나혜석의 일화 중 늘 잊지 못하는 것은 사람들의 비난 속에서도 어머니이기를 포기하지 않았다는 사실입니다. 나혜석과 같은 여성은 모든 것을 외면하고 자기만 아끼는 사람이라 오해하고 있는데 그는 스스로 열린 존재였습니다. 그의 시가 아직도 새로운 이유입니다.

백석

외롭고 높고 쓸쓸한 가난한 이에게 그리움을

우리 시문학에서 기다리는 힘이 대단한 시인이 몇 있습니다. 한용운, 홍명희, 김기림, 오장환, 백석, 이용악 등입니다. 일제 식민지치하에서 시인들이 온전하게 지낼 수 없었습니다. 아예 붓을 꺾고 시를 그만 쓰거나 현실 문제는 제쳐 두고 슬픔과 상실에 빠져 홀로 감상적인 시를 쓰는 것으로 만족했습니다. 이도 저도 아니면 그래 어떻게 살면 어때 어쩔 수 없잖아 내가 이렇게 잊혀서는 안 돼. 그래서 일제가 시키는 대로 아니 더 나아가 아예 일본 사람처럼 살기로 마음먹고 친일에 앞장섰습니다. 이렇게 시인들이 어쩌지 못하고 헤매고 있을 때 다른 방식으로 시를 개척한 시인들이 있습니다. 그들은 어떻게 하면 일제의 눈초리에서 벗어나 시를 쓸 수 있을까 생각했습니다.

백석(1912~1966)

기다린다는 것은 도망가는 게 아닙니다. 무작정 참는 것도 아닙니다. 바라던 일은 꼭 이루어지리라는 확신이 없다면 쉽게 기다릴 수 없습니다. 나라 잃은 상황이 계속되지 않고 언젠가 되찾을 수 있다는 믿음이 굳셉니다. 그래서 함부로 이리저리 휩쓸려 다니며 눈치 보지 않고 자기 길을 가려는 뜻입니다. 슬기롭고 현명해야겠지요. 그중 백석은 기다리는 힘이 센 편에 속합니다. 그는 일제가 곧 멸망하리라는 것을 알고 있었습니다. 한반도에 갇혀 세상을 바라보지 않았기 때문입니다. 영어를 잘해 영어 선생님이 되려는 바람이 있었지만 『조선일보』 기자로 살게 되었습니다. 바라는 대로 되지는 않았습니다. 대신 세상 돌아가는 상황을 잘 알게 되었지요. 물론 나중에 함흥에 있는 영생고보에 영어 선생님으로 가기는 했습니다. 김기림이 1946년 펴낸 『바다와 나비』 시집 서문에서 "우리는 눈을 뜨지 못한 시골뜨기요, 반도半島의 개구리가 되고 말 것을 두려워했다."고 뒤돌아보았듯이 백석도 마찬가지였습니다.

그렇게 기다릴 수 있었던 데는 어떤 힘이 뒷받침하고 있을까요.

사랑하는 사람이 있었기 때문일까요. 백석이 통영 여자 '난'이를 좋아했다는 이야기는 이루어질 수 없는 사랑으로 입에 오르내리지요. 그녀를 생각하며 그녀가 보라고 세 편의 통영 시를 썼으니까요. 그녀 이름은 박경련이었는데 이루어지지는 않았답니다. 그리고 유명한 '자야'가 있습니다. 원래 이름은 '진향'이었지요. 중국 시인 이백의 시 '「자야오가子夜吳歌」'에서 따 주었다고 하네요. 전쟁터에 나간 남편을 기다리는 아내의 마음을 그린 시입니다. 기다림을 담은 시입니다. 역시 자야와 사랑도 그리 오래 가지 않았습니다. 신분 벽을 넘을 수 없는 시대였기 때문입니다. 백석을 지탱하는 기다림은 무엇일까요. 기다림은 시민 시인으로서 백석을 이해하는 핵심어이기도 합니다.

고향 말은 우리 존재의 씨앗

명절날 나는 엄매아배 따라 우리집 개는 나를 따라 진할머니 진할아버지가 있는 큰집으로 가면

얼굴에 별자국이 솜솜 난 말수와 같이 눈도 껌벅거리는 하로에 베 한 필을 짠다는 벌 하나 건너 집엔 복숭아나무가 많은 신리新里 고무 고무의 딸 이녀李女 작은 이녀李女

열여섯에 사십四十이 넘은 홀아비의 후처가 된 포족족하니 성이 잘 나는 살빛이 매감탕 같은 입술과 젖꼭지는 더 까만 예수쟁이 마을 가까이 사는 토산土山 고무 고무의 딸 승녀承女 아들 승承동이

육십리六十里라고 해서 파랗게 보이는 산山을 넘어 있다는

해변에서 과부가된 코끝이 빨간 언제나 흰옷이 정하든 말끝에 설게 눈물을 짤 때가 많은 큰골, 고무 고무의 딸 홍녀洪女 아들 홍洪동이 작은 작은

배나무접을 잘하는 주정을 하면 토방돌을 뽑는 오리치를 잘 놓는 먼섬에 반디젓 담그려 가기를 좋아하는 삼춘 삼춘엄매 사춘누이 사춘동생들

이 그득히들 할머니 할아버지가 있는 안간에들 모여서 방안에서는 세옷의 내음새가 나고 또 인절미 송구떡 콩가루차떡의 내음새도 나고 끼때의 두부와 콩나물과 뽂운 잔디와 고사리와 도야지비계는 모두 선득선득하니 찬 것들이다

저녁술을 놓는 아이들은 외양간섶 밭마당에 달린 배나무동산에서 쥐잡이를 하고 숨굴막질을 하고 꼬리잡이를 하고 가마 타고 시집가는 놀음 말 타고 장가가는 놀음을 하고 이렇게 밤이 어둡도록 북적하니 논다

밤이 깊어가는 집안엔 엄매는 엄매들끼리 아르간에서들 웃고 이야기하고 아이들은 아이들끼리 웃간 한 방을 잡고 조아질하고 쌈방이 굴리고 바라깨돌림하고 호박떼기하고 제비손이 구손이하고 이렇게 화디의 사기방등에 심지를 몇

번이나 돋구고 홍게닭이 몇 번이나 울어서 졸음이 오면 아
릇목싸움 자리싸움을 하며 히득거리다 잠이 든다 그래서는
문창에 텅납새의 그림자가 치는 아츰 시누이 동세들이 욱적
하니 홍성거리는 부엌으론 샛문틈으로 장지문틈으로 무이
징게국을 끓이는 맛있는 내음새가 올라오도록 잔다

—「여우난골족族」

이 시는 『조광』(1935. 12.)지에 발표하여 백석 첫 시집 『사슴』(1936)에 실렸습니다. 백석이 한눈팔지 않고 기다릴 수 있었던 힘 중 하나를 알 수 있습니다. 바로 말입니다. 특히 백석 고향인 평안북도 정주 지방 말입니다. 표준말도 아닌데 사투리가 왜 가치 있는 걸까요. 사투리를 알아듣기 쉽지도 않네요. 한번 보이는 대로 나열해 볼까요. '진할머니, 포족족하니, 메감탕, 토방돌, 오리치, 반디젓, 안간, 끼때, 선득선득하니, 외양간섶, 숨굴막질, 아르간, 조아질, 쌈방이, 호박떼기, 제비손이 구손이, 화디, 사기방, 텅납새, 욱적하니, 무이징게국' 몇 개만 뽑았는데도 쉽게 이해할 수 없는 말들이 꽤 많습니다. 래퍼가 속사포처럼 쏟아내는 말 같기도 하지요. 리듬이 있을 것도 같습니다.

청산 학원 3학년 때

시집 『사슴』 초판본(1936)

시집 『사슴』이 묶여 나왔을 때 사람들이 반응이 뜨거웠습니다. 김기림은 "한 개의 포탄을 던지는 것처럼 새해 첫머리에 시단에 내던졌다.(『조선일보』, 1936. 1. 29.)"고 하며 놀라워했습니다. 자랑스러움이 깃든 찬사가 아닐 수 없습니다. 백석이 자기 '기억 속에 쭈그리고 있는 동화와 전설의 나라'를 담았고 '속임 없는 향토의 얼굴'을 보여 주었다고 합니다. 이에 반해 임화는 제대로 된 평가를 하지 않았습니다. 너무 과거에 집착하는 정서는 아닌가 하는 거지요. 특히 현재 생활 현실이 드러나지 않는 것을 지적합니다. 그럼에도 "『사슴』 가운데는 농촌 고유의 여러 가지 습속, 낡은 삼림, 촌의 분위기, 산길, 그윽한 골짝 등의 아름다운 정경이 시인의 고운 감수력을 가지고 객관적으로 노래되고 있다. 백석 씨는 분명히 아름다운 감각과 정서를 가진 시인이다. 더욱이 이 시인의 방언에 대한 고려와 그 시적 구사는 전인미답全人未踏의 것이라 해도 과언은 아니리라.(「문학상의 지방주의 문제」, 『조광』, 1936.10.)." '전인미답'이라는 말 알지요. '이제까지 그 누구도 가보지 못함.'을 뜻하죠. 임화는 부정적인 말 속에 이 말을 몰래 숨겼는지도 모릅니다.

백석이 영문학을 공부했기에 외국 작품을 번역하기도 합니다. 그중 「「죠이쓰」와 애란문학愛蘭文學」(『조선일보』, 1934. 8. 10. ~ 9. 12.)을 보면 그가 왜 고향과 고향 말을 소중히 담아냈는지 알 것도 같습니다. '애란'은 영국에 지배를 받았던 '아일랜드'를 가리킵니다. 죠이쓰, 즉 제임스 조이스는 아일랜드를 대표하는 작가지요. 조이스가 작품 속에 영국 말을 쓰지 않고 아일랜드 말을 고집했던 점을 그대로 번역 속에 담았습니다. 그처럼 우리가 정치적으로 일본에서 벗어날 수 없는 현실이지만 우리말을 버리고 일본 말로 글을 써서는 안 되며 오히려 일본 감시를 피해 표준말을 대신해 평북 사투리를 씀으로써 우리 존재의 씨앗을 남겨야겠다는 계획이 있었다고 볼 수 있습니다. 다 계획이 있었습니다.

시 「여우난골족族」은 명절 풍경을 눈에 선하게 그리고 있습니다. 요즘에는 차츰 볼 수 없는 광경입니다. 친척들과 모여 행복하게 지냈던 기억을 다시 불러일으키고 있습니다. 이 장면을 일본 말

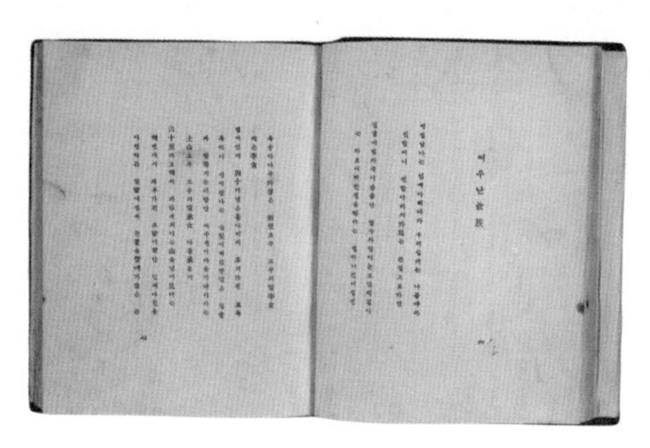

시집 『사슴』 초판본(1936)에 실린 시 「여우난곬족」

로 했다면 괜찮을까요. 어울리지 않을 겁니다. 남의 옷을 입은 듯 나답지 않습니다. 그런 측면에서 어렸을 적 말을 되살려 놓는 일은 우리 자신을 지키는 일이기도 합니다. 이처럼 백석은 고향 말 속에 기다리는 힘을 숨겨 놓았습니다.

우리의 다른 얼굴, 초인

오늘 저녁 이 좁다란 방의 흰 바람벽에
어쩐지 쓸쓸한 것만이 오고 간다
이 흰 바람벽에
희미한 십오촉十五燭 전등이 지치운 불빛을 내어던지고
때글은 다 낡은 무명샷쯔가 어두운 그림자를 쉬이고
그리고 또 달디단 따끈한 감주나 한잔 먹고 싶다고 생각하
는 내 가지가지 외로운 생각이 헤매인다
그런데 이것은 또 어인 일인가
이 흰 바람벽에
내 가난한 늙은 어머니가 있다
내 가난한 늙은 어머니가

이렇게 시퍼러둥둥하니 추운 날인데 차디찬 물에 손은 담그고 무이며 배추를 씻고 있다

또 내 사랑하는 사람이 있다

내 사랑하는 어여쁜 사람이

어늬 먼 앒대 조용한 개포가의 나지막한 집에서

그의 지아비와 마조 앉어 대구국을 끓여놓고 저녁을 먹는다

벌써 어린 것도 생겨서 옆에 끼고 저녁을 먹는다

그런데 또 이즈막하야 어느 사이엔가

이 흰 바람벽엔

내 쓸쓸한 얼굴을 쳐다보며

이러한 글자들이 지나간다

- 나는 이 세상에서 가난하고 외롭고 높고 쓸쓸하니 살어가도록 태어났다

그리고 이 세상을 살아가는데

내 가슴은 너무도 많이 뜨거운 것으로 호젓한 것으로 사랑으로 슬픔으로 가득찬다

그리고 이번에는 나를 위로하는 듯이 나를 울력하는 듯이

눈질을 하며 주먹질을 하며 이런 글자들이 지나간다

– 하늘이 이 세상을 내일 적에 그가 가장 귀해하고 사랑하는 것들은 모두 가난하고 외롭고 높고 쓸쓸하니 그리고 언제나 넘치는 사랑과 슬픔 속에 살도록 만드신 것이다

초생달과 바구지꽃과 짝새와 당나귀가 그러하듯이 그리고 또 '프랑시쓰 쨈'과 '도연명'과 '라이넬 마리아 릴케'가 그러하듯이

—「흰 바람벽이 있어」

이 시는 1941년 4월 『문장』지에 발표한 작품입니다. 이때쯤이면 일본 제국주의가 발악을 하며 우리를 더욱 옥죄던 시기입니다. 숨죽여 살았던 백석의 모습도 이 시에 잘 나타납니다. 이제 많은 잡지와 신문들이 폐간되고 우리가 알던 유명한 시인들이 친일에 앞장서기 시작합니다. 죽음은 역설적으로 삶의 위기를 잘 보여준다고 말합니다. 우리 민족이 어둠 속으로 들어가 죽을 지경에 이르렀으니 그것은 곧 살아갈 길이 막막해졌다는 뜻이기도 합니다. 이때 백석의 다른 얼굴이 등장합니다.

어떻게 살아야 할까 하는 물음에 답을 찾고자 합니다. 물음을 곱씹을 때 흰 담벼락에 영상이 스쳐갑니다. 어머니가 나옵니다. 나

를 버리고 갔을 연인 얼굴도 비칩니다. 그리고 마침내 자신 얼굴이 떠오릅니다. 모두 가난하고 외롭고 쓸쓸한 신세입니다. 백석은 더없이 슬퍼하며 눈물을 훔칩니다. 그럼 이제 어떻게 해야 하나 자꾸 속으로 묻는 것 같습니다. 그때 "나는 이 세상에서 가난하고 외롭고 높고 쓸쓸하니 살어가도록 태어났다"는 깨달음에 도달합니다. 가난하고 외롭고 쓸쓸하지만 '높다'는 말이 눈에 듭니다. 이 문장에는 어울리지 않는 표현입니다. 그렇습니다. 이 표현은 백석이 숨겨 논 이 시의 비밀입니다. 그리고 가난하여도 천대받지 말아야 할 이유가 이 높음에 있음을 알게 됩니다. 그리고 다음과 같이 확신합니다. "하늘이 이 세상을 내일 적에 그가 가장 귀해하고 사랑하는 것들은 모두 가난하고 외롭고 높고 쓸쓸하니 그리고 언제나 넘치는 사랑과 슬픔 속에 살도록 만드신 것이다" 이 귀하고 사랑하는 존재들, 즉 높은 뜻을 품은 사람들은 '초생달과 바구지꽃과 짝새와 당나귀'처럼 잠시 보였다가 사라집니다. 그들은 천진무구하며 맑은 심성들을 지니고 있습니다. 가난을 마다하지 않고 생을 마감합니다. '프랑시쓰 잼'과 '도연명'과 '라이넬 마리아 릴케'처럼 자연 속에서 천사의 소리를 들으며 스스로 소멸합니다. 백석을 지탱했던 또 다른 기다리는 힘은 이러한 얼굴 속에 드리운 '높은', 즉 '존엄성'입니다. 가난과 외로움과 쓸쓸함을 외투로 입고 서 있는 초인과 같습니다. 초인은 신 앞에 홀로 마주 선 사람입니다. 자기 의지대로 살 것을 결심한 시민입니다.

광장을 떠나
산으로 간 사람들

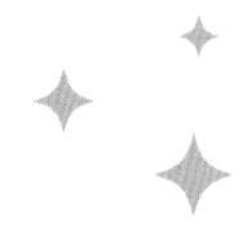

가난한 내가

아름다운 나타샤를 사랑해서

오늘밤은 푹푹 눈이 나린다

나타샤를 사랑은 하고

눈은 푹푹 날리고

나는 혼자 쓸쓸히 앉어 소주燒酒를 마신다

소주燒酒를 마시며 생각한다

나타샤와 나는

눈이 푹푹 쌓이는 밤 흰당나귀 타고

산골로 가자 출출이 우는 깊은 산골로 가 마가리에 살자

눈은 푹푹 나리고

나는 나타샤를 생각하고

나타샤가 아니 올 리 없다

언제 벌써 내 속에 고조곤히 와 이야기한다

산골로 가는 것은 세상한테 지는 것이 아니다

세상 같은 건 더러워 버리는 것이다

눈은 푹푹 나리고

아름다운 나타샤는 나를 사랑하고

어데서 흰당나귀도 오늘밤이 좋아서 응앙응앙 울을 것이다

—「나와 나타샤와 흰당나귀」

백석은 서울 출신이 아닙니다. 우리나라 서북쪽 평안북도 정주에서 태어난 변방 사람입니다. 이 고장 출신 시인이 또 한 명 있는데 누굴까요. 김소월입니다. 사실 구성이라는 곳에서 태어나긴 했지만 근처입니다. 정주에서 어린 시절을 보내기도 했지요. 그리고

바로 거기에 있던 오산 고등학교를 다녔습니다. 백석도 같은 학교를 나왔습니다. 서로 만나지는 못했지만 백석 시에 소월이 영향을 주었습니다. 소월 시를 읽으며 백석도 시를 꿈꾸었으니까요. 소월이나 백석이나 서울, 즉 경성에 삶의 중심을 두지 않았습니다. 마음은 늘 고향으로 향했습니다. 그래서 어느 시문학 유파에도 같이 하지 않았습니다.

광장은 늘 도시 중심에 있지요. 사람들로 넘쳐나고 재미있고 신나지요. 큰 소란이 일어나기도 하지요. 무언가 사회적으로 문제가 일어나면 광장으로 나가 소리 높여 외치지요. 세상을 집어삼킬 것 같은 힘이 모여들지요. 돌이켜 보면 여러분은 경험하지 못했을 수도 있지만 얼마 전까지도 서울뿐만이 아니라 전국 주요 도시 광장에서 사람들이 모여 바다와 산을 이루지 않았나요. 이 세상을 뒤엎을 만큼 뜨겁게 타오르는 소망이 있었기 때문입니다. 그러나 어두워지면 광장은 쓸쓸하기 그지없습니다. 함께 불렀던 노래도 높이 울려 퍼졌던 함성도 막다른 골목에 다다라 숨을 죽이지요.

일제 강점기 광장에는 누가 있었을까요. 무서운 폭력과 전쟁의 그림자가 가득했습니다. 겉으로는 휘황찬란했지만 사람들 마음은 무거웠습니다. 시인들도 바라는 세상이 아니라 고뇌하는 생활이 계속될 뿐이었습니다. 기다려도 오지 않는 임을 애타게 부르는 시로 대신 말을 할 뿐입니다.

참담한 광장을 떠난 사람들이 있습니다. 우리 시는 광장 속에서 빛나지 않았습니다. 아프기도 하며 부끄럽기도 하여 어디론가 사라진 시가 아직도 깊은 산속 어딘가에서 눈을 밝히고 있습니다. 백석 시편은 고향에 묻어둔 이야기입니다. 쉽게는 돌아갈 수 없는 장소로 언제든 우리를 이끌고 갑니다. 저 먼 북쪽 나라에서 들리는 눈 내리는 소리입니다. 눈은 벌판에 내려 짓밟히지만 숨은 산속 눈은 높고 외롭고 쓸쓸할 뿐입니다. 아무도 어쩌지 못할 마음을 간직하고 있습니다. '산골로 가는 것은 세상한테 지는 것이 아니다/세상 같은 건 더러워 버리는 것이'라고 속삭입니다. 그렇게 이 시는 백석의 얼굴을 온전히 드러냅니다. 그가 사랑하는 '나타샤'는 연인 '자야'여도 좋습니다. 그러나 나타샤가 아름다운 건 톨스토이 소설 『전쟁과 평화』에 나오는 나타샤의 마음 씀씀이 때문입니다. 책 같은 건 버리고 어서 부상병을 태워요. 나직하게 속삭이는 아름다운 나타샤 옆에 흰당나귀가 있었을 겁니다.

이 시에서 보듯 백석에게 또 다른 기다리는 힘은 '그리움'입니다. 세상과 대거리하면서 처신을 어떻게 해야 할지 망설일 때 본래 가졌던 마음을 버리지 말라 속삭이는 것들을 향한 그리움입니다. 광장에 본래 있었지만 지금은 사라지고 없는 사람 됨됨이 같은 것이 아직도 저 깊은 산속 어딘가에 남아 있다고 꿈꾸는 힘입니다. 바슐라르는 이런 기다림을 수직적 상상력이라 했습니다. 광장에서 펼치는 밋밋한 수평적 상상력이 아니라 산속에 있으며 산꼭대기를 향해 우주까지 뻗치는 에너지 같은 것입니다. 그것은 머릿속에만 있는 생각이 아니라 몸으로 체험했던 과거 어릴 적 기억 속에 있다고 합니다. 어른이 되면서 잊게 된 것이지요. 이것을 원체험이라고 합니다. 도시보다는 자연 속에서 생활했던 일들이 많습니다. 신비롭고 아름다운 이야기이기도 합니다. 시민에게는 이런 기억을 되살리는 상상력이 있습니다. 백석은 그곳을 언제나 그리워했습니다.

이야기하는
역사 앞에 서서

새끼오리도 헌신짝도 소똥도 갓신창도 개니빠디도 너울쪽도 짚검불도 가락잎도 머리카락도 헝겊조각도 막대꼬치도 기와장도 닭의 짗도 개터럭도 타는 모닥불

재당도 초시도 문장門長늙은이도 더부살이 아이도 새사위도 갓사둔도 나그네도 주인도 할아버지도 손자도 붓장사도 땜쟁이도 큰개도 강아지도 모두 모닥불을 쪼인다

모닥불은 어려서 우리 할아버지가 어미아비 없는 서러운 아이로 불쌍하니도 몽둥발이가 된 슬픈 역사가 있다

—「모닥불」

백석을 기다리게끔 했던 또 다른 힘은 '역사'입니다. 역사하면 무엇이 떠오르나요. 시간, 기억, 이야기, 신화, 영웅 등이 생각나지 않나요. '아름다운 이 땅에 금수강산에'로 시작하는 노래 알지요. 어렸을 때 신나게 불렀던 노래 아닌가요. 제목이 「한국을 빛낸 100명의 위인들」이었지요. 각 소절 말미에 반복되는 가사가 있지요. "역사는 흐른다"라고. 귀에 쟁쟁합니다. 역사하면 생각나는 '시간'을 어떻게 바라보는지 알 수 있는 대목입니다. 우리는 대부분 역사 속 시간은 흐르는 것이라 여깁니다. 두 가지 뜻이 있습니다. 하나는 "유구悠久하다."는 의미가 담겼습니다. 이 말은 "아득하게 오래다."라고 풉니다. 그처럼 역사는 끊임없이 오래 지속되는 특성을 지니고 있다는 말이죠. 또 하나 뜻은 흘러가 버리면 그만이라는 시간관념이 깊이 배어 있지요.

이 말은 자연스럽게 '기억'과 관련이 있습니다. 시간이 흘러가 버리고 말면 그만이니 기억해야 할 역사가 쉽게 잊힐 수도 있습니다. 역사는 왜 기억해야 하나요. 독일 출생 유태인 철학자 발터 벤야민Walter Benjamin은 역사를 연대기적으로 '쓰인 역사'와 문학적으로 '이야기하는 역사'로 구분합니다. 쓰인 역사를 '하얀빛'으로 명명합니다. 눈부시기는 하지만 색깔이 없네요. 꿈으로 말하면 '백일몽'이라 할 수 있습니다. '대낮에 꾸는 꿈'이니 '헛된 공상'같이 허무하지요. 그래서 벤야민이 역사를 '하얀빛'으로 말한 뜻은 역설적으로 역사는 백일몽이 되어서는 안 된다는 것이지요. 꼭 기억해야 한다는 말입니다.

오래 기억하기 위해서 인간은 이야기를 만듭니다. 그것이 '신화'입니다. '단군신화'는 '우리 민족이 어디서 왔을까' 사람들이 오래 기억하도록 꾸민 이야기입니다. 그렇지만 허무맹랑한 소리가 아니라 역사이기도 합니다. 잘 기억하도록 이야기 형식을 빌렸으니까요. 환인, 곰, 범, 웅녀, 단군 등 인물이 등장하고, 곰이 여자로 변신하는 사건이 있고, 우리 민족의 건국신화라는 의미가 담겨 있지요. 그리고 단군 할아버지라는 영웅이 있는 거지요. 그런데 이렇게 쓰인 역사는 벤야민은 '공허한 시간'이라 말합니다. 왜 그럴까요.

역사 속 이야기는 영웅들만이 존재하는 것은 아니기 때문입니다. 바로 평범한 사람들이 살고 있었습니다. 이들을 '소수자'라고 부르기도 합니다. 숫자가 적어서 그런 것이 아니라 사회적으로 힘이 없기 때문입니다. 그래서 사회적 소수자라 부르기도 합니다. 이들은 성, 나이, 장애, 인종, 국적, 종교, 사상 등에서 소외된 집단이라고 합니다.

이제 백석에게 기다리는 힘을 주는 시 「모닥불」로 돌아와야겠네요. 눈치 챘죠? 이 시는 벤야민이 말한 '이야기하는 역사'라는 것을. 하얀빛으로 탈색된 역사가 아니라 이야기 형식이라는 스펙트럼을 통과하여 발광하는 '다채로운 빛'이 모여 있습니다. 백석은 이 이야기가 말하는 역사 앞에 서 있습니다. 공허한 시간이 아니라 기억해야만 하는 '참된 시간'입니다. 이 시에 등장하는 사람들은 비록 신화 속 영웅처럼 거대한 일을 성취하지는 않았지만 별똥별 빛처럼 번쩍이는 순간을 살고 있습니다.

1연에서 하찮고 보잘것없는 것들이 불쏘시개가 되어 모닥불을 피우고 있네요. 큰불이 되어 모든 것을 불살라 버릴 것 같은 힘은 없지만 잔잔하네요. '불멍'하기 딱이네요. 타오르는 불꽃을 보며 무슨 생각에 잠길까요. 2연에서 고요히 생각에 잠기려는 사람들이 모닥불에 모여듭니다. 어른과 아이가, 사람과 짐승이 차별 없이 모여 멍하니 불을 바라보고 있네요. 이 순간이 역사적이라면 너무 과대망상인가요? 역사는 이들이 겪은 설움과 고통과 상처를 지닌 채 흐른다고 백석은 여겼습니다.

그래서 3연에 소수자의 이야기를 슬픈 역사라 말합니다. 벤야민은 이를 두고 '역사의 악몽'이라 말합니다. 백일몽과 달리 무서운 꿈은 잊히지 않지요. 혹은 잊어서는 안 되기에 기억 속에 깊이 남습니다. 이 시에서 무섭고 힘든 기억을 시시콜콜 이야기하지는 않았지만 대략 짐작할 수 있습니다. 우리 주위 많은 사람들이 그렇게 살고 있기 때문입니다. 새삼스럽지 않지요. 역사의 악몽은 애도해야 하는 일이기도 합니다. 그래서 모닥불에 모인 사람과 짐승과 자연과 시간은 차분하기도 하고 울컥하기도 합니다. 백석이 피운 이 역사의 모닥불을 벤야민 식으로 하면 '사물이 참된 표정을 띠는 순간'입니다. '잠 깨는 순간'입니다. 나아가 '메시아가 들어서는 작은 문'입니다. '메시아'가 어떤 존재인지 알지요? 종교를 넘어 제임스 카메룬 감독이 만든 영화 「아바타」에 등장하는 '투르크 막또'이며, 신동엽 서사시 『금강』에 나오는 '아기 하늬'입니다. 미래에 오는 사람입니다. 아직 없었지만 꼭 있을 우리 시민 자신들입니다.

북으로 간 백석을 한 장 사진 속에서 만난 적이 있습니다. 가족사진이었습니다. 젊은 시절 모던 보이였던 그가 초라한 얼굴로 다가섰습니다. 여든여섯 나이에 협동 농장에서 양치기를 하다 생을 마감했다는 이야기도 들었습니다. 남쪽에 사는 우리들이 그를 측은히 여기는 것은 당연합니다. 그러나 그가 산으로 가고자 했던 뜻을 다 헤아릴 수는 없습니다. 오히려 양과 더불어 마지막 세월을 보냈다니 더 잘 어울립니다. 백석은 어느 문학 동인이나 유파에도 소속하지 않은 채 독자적으로 활동한 시인입니다. 김수영이 시 「영롱한玲瓏한 목표目標」에서 "사람이 지나간 자죽 우에 서서 부르짖는 것은 개와 도회都會의 사기사詐欺師뿐이 아니겠느냐"고 매섭게 몰아친 말을 곱씹어 봅니다. 시를 함부로 써 댔던 현대 시인들을 '죽음보다 엄숙하게' 바라보았던 김수영의 눈빛을 백석에게서 보았기 때문입니다. 그러니 누구도 그를 함부로 동정할 수 없습니다. '아름다운 나타샤'가 그를 '사랑하고' 곁에서 '흰당나귀도' '좋아서 응앙응앙 울'고 있고 언제나 '눈은 푹푹 나리고' 있으니 말입니다. 백석은 기다리는 사람들에게 '그리움'이라는 상상력을 선물했습니다.

북한에서 백석 가족사진

윤동주

병든 나라
여린 영혼에게 생명을

영원한 청년하면 누가 떠오를까요. 각자가 생각하는 사람이 있겠죠. 저는 윤동주랍니다. 선한 눈망울에 꾹 다문 입이 늘 눈에 어른거립니다. 언제나 젊은 얼굴로 제 곁에 있습니다. 우리가 유관순 열사를 변함없이 유관순 누나라 부르는 것처럼 말입니다. 중학교 막 들어가니 국어 시간에 반장이 자작시를 낭송했습니다. 제목은 '소녀'였던 것 같습니다. 지금 같으면 손이 오그라들 일이었는데 까까머리 중학생에게 세상 멋진 광경이었습니다. 한때는 외교관이 되어야지 마음먹었는데 그날로 바로 나는 시인이 될 테야 결심했지요. 그날이 아니었다면 오늘 시인으로 사는 제 모습은 없었을 겁니다. 어쨌든 그날 학교 파하고 집으로 달려가 집에 시집이 있나 찾아봤지요. 이상하게도 평소에는 눈에 띄지 않던 시집 한 권이 책

윤동주(1917~1945)

장에 꽂혀 있었습니다. 누구 것인지는 알 수 없지만 우리 집에도 시집이 있다니 새삼스러웠습니다. 시집 제목은 감감하지만 윤동주 시집이 분명했습니다. 저녁 어스름 속 군청색 하늘 아래 나무들이 판화로 새겨진 표지 그림이 눈에 띄었습니다. 글씨는 굵게 각진 모양이었습니다. 지금 와 생각하니 1948년 출판된『하늘과 바람과 별과 시』초판본이었습니다.

영원하다는 것은 죽거나 사라지지 않는다는 것이지요. 이 세상 무엇도 죽음 앞에 무릎을 꿇지 않을 수 없는데 어떻게 영원할 수 있나요. 한 가지 방법이 있다면 포켓몬 캐릭터처럼 변신하는 거지요. '이상해씨'부터 시작해 '이상해풀', '이상해꽃'으로 변신하며 세대를 거쳐 필살기를 키워가니 영원할 수밖에요. 이십육 년에 걸쳐 천 개를 돌파했다는 소식을 들었습니다. 아이들이 원한다면 영원히 변신하겠죠. 제가 좋아하는 캐릭터는 '비버니'입니다. 4세대에 느닷없이 나타난 아이로 '어떤 것에도 동요하지 않는 대담한 신경의 소유자'라는 특성이 맘에 듭니다. 사실 제가 남의 말에 귀 기울이길 잘하는 편이라 이렇게 무던한 친구가 좋습니다. 특히 장난꾸러기이기 때문에 더욱 그렇습니다.

장난꾸러기에 대해 한번 얘기해 볼까요. 신화나 민담에서 장난꾸러기는 불합리와 위선을 지적하는 인물형으로 나타납니다. 부조리나 모순을 극복하고 변모를 이끌어 내려하지요. 다소 까칠하지만 쾌활하고 솔직합니다. 매력적이기도 합니다. 농담, 말장난을 잘해 다른 사람을 즐겁게 합니다. 모두를 행복하게 하지요. 무엇보다도 도전을 좋아하니 매력적입니다. 그처럼 장난꾸러기는 어려운 일을 돌파하는 능력자입니다. 어떤 환경에서도 장난스러움을 잃지 않고 주위 사람들을 편안하게 합니다. 또 이야기가 길었군요. 어쩌면 윤동주도 청소년 시절에는 장난꾸러기가 아니었을까 상상해 봅니다. 일본 후쿠오카 형무소에서 생체 실험에 희생되었다는 이야기가 사람들 마음을 아프게 합니다. 그래서인지 사진 속 그의 얼굴은 늘 그늘져 보이고 슬퍼 보입니다. 그가 우리 곁에 영원하다는 것은 그런 비극적 이야기의 주인공이어서가 아니었으면 좋겠습니다. 그래서 저항 시인이나 민족 시인으로 쉽게 부르지 않았으면 합니다. 시인으로 오래 있어야 했는데 죽음 앞에서 너무 일찍 새로운 존재로 변신하였기에 붙잡아 두려는 마음도 이해합니다. 우리가 그를 영원히 만날 수 있는 길은 기억하는 일입니다. 누군가를 잊지 않는 가장 좋은 방법은 그의 캐릭터, 즉 개성과 이미지를 찾아 읽는 일입니다. 그렇게 윤동주가 우리 마음속에 밝은 얼굴로 다시 살았으면 합니다.

별 헤는 밤은
구원의 순간

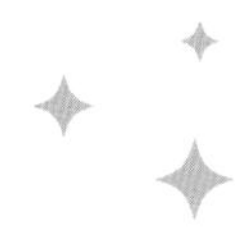

계절이 지나가는 하늘에는

가을로 가득 차 있습니다.

나는 아무 걱정도 없이

가을 속의 별들을 다 헤일 듯합니다.

가슴속에 하나 둘 새겨지는 별을

이제 다 못 헤는 것은

쉬이 아침이 오는 까닭이요,

내일 밤이 남은 까닭이요,

아직 나의 청춘이 다하지 않은 까닭입니다.

별 하나에 추억과
별 하나에 사랑과
별 하나에 쓸쓸함과
별 하나에 동경과
별 하나에 시와
별 하나에 어머니, 어머니,

어머님, 나는 별 하나에 아름다운 말 한마디씩 불러봅니다. 소학교 때 책상을 같이 했던 아이들의 이름과, 패佩, 경鏡, 옥玉 이런 이국 소녀들의 이름과 벌써 애기 어머니 된 계집애들의 이름과, 가난한 이웃사람들의 이름과, 비둘기, 강아지, 토끼, 노새, 노루, '프랑시스·잠', '라이너 마리아 릴케', 이런 시인의 이름을 불러봅니다.

이네들은 너무나 멀리 있습니다.
별이 아슬히 멀 듯이

어머님,

그리고 당신은 멀리 북간도에 계십니다.

나는 무엇인지 그리워
이 많은 별빛이 내린 언덕 위에
내 이름자를 써보고,
흙으로 덮어버리었습니다. .

딴은 밤을 새워 우는 벌레는
부끄러운 이름을 슬퍼하는 까닭입니다.

그러나 겨울이 지나고 나의 별에도 봄이 오면
무덤 위에 파란 잔디가 피어나듯이
내 이름자 묻힌 언덕 위에도
자랑처럼 풀이 무성할 게외다.

—「**별 헤는 밤**」

윤동주 시를 손에 넣은 이후 밤새워 읽고 또 읽다가 정말 하얗게 아침을 맞이했습니다. 초저녁잠이 많아 저녁 숟가락을 놓기 바

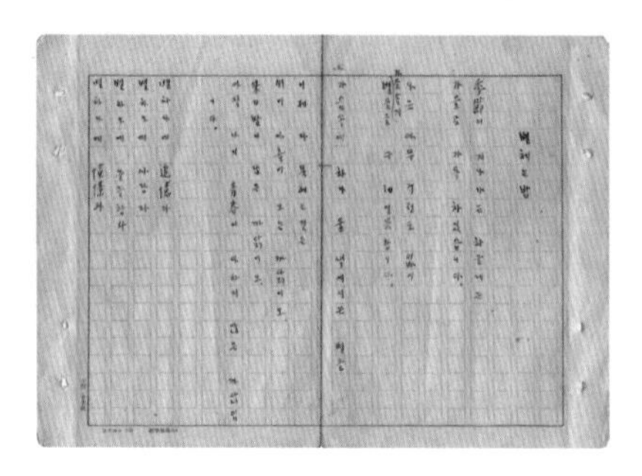

「별 헤는 밤」 육필 원고

쁘게 잠들던 아이가 달라졌습니다. 어느 순간 이 시에 멈췄습니다. 밤을 새워 우는 벌레 소리도 들리는 듯했고, 몰래 밖으로 나가 밤하늘 별들을 헤아려 보기도 하고, 평소 생각도 안했던 친구들 이름도 불러 보았습니다. 그중 "별 하나에 아름다운 말 한마디씩 불러 봅니다."라는 시구가 입속에서 계속 맴돌았습니다. 밤하늘에 별이 쏟아질 듯 많은데 아름다운 말이 내게 너무 적어 순간 마음이 이상했습니다. 그것을 쓸쓸함이라 해야 할까, 슬픔이라 해야 할까, 추억일까, 사랑은 아닐까, 혼란에 빠지기 시작했습니다. 뒤죽박죽된 채 장난꾸러기이기만 했던 제가 이제 너무나 차분해졌습니다. 무엇도 재미없고 심드렁했습니다.

지금 다시 읽어 봐도 대체 별 헤는 밤은 어떤 순간일까 궁금합니다. 윤동주는 김소월과 백석 시를 좋아했습니다. 소월 시집 『진달래꽃』을 손에서 놓지 않았다고도 하고, 백석 시집 『사슴』이 출판 되었을 때 구하지 못해 안절부절 도서실에서 빌려 손으로 직접 베껴 적었다고도 합니다. 실제 이 시는 여러 사람이 백석의 「흰 바람벽이 있어」와 닮았다고 말합니다. 맞습니다. 읽을수록 겹치는 부분이 많습니다. 하지만 이를 두고 표절이라 하는 사람은 없습니다. 영향을 받은 거지요. 선배 시에서 벗어나기 쉽지 않습니다. 그래서 미국 문학 비평가 헤럴드 블룸Harold Bloom은 『영향의 불안The Anxiety of Influence』이란 책에서 후배 시인은 뛰어난 선배 시인들을 존경하면서도 부정한다고 합니다. '따라쟁이'가 될 수는 없기 때문입니다. 그래서 자신의 독창성과 창조성을 드러내기 위해 일부러 선배 시인이 이뤄낸 업적을 왜곡하거나 멀리한다고 합니다. 윤동주도 그러한 불안에 싸여 있지 않았을까요. 그가 일찍 세상을 떠나지 않고 오래 시를 썼다면 더욱 개성적인 시를 썼을 겁니다.

다시 궁금합니다. 별 헤는 밤은 어떤 밤일까요. 백석이 「흰 바람벽이 있어」에서 담은 순간은 '가난하고 외롭고 쓸쓸한' 상황입니다. 「별 헤는 밤」에도 그런 내용이 있나요. 찾아보세요. 두 군데가 보입니다. 윤동주는 '가난한 이웃사람들의 이름'을 부르고 있습니다. 그리고 '부끄러운 이름을 슬퍼하'고 있습니다. 부끄러운 이름은 가난한 이웃사람들의 이름이었습니다. 가난을 부끄럽게 여기는 사람들의 시선 때문에 그는 슬픔을 갖게 되었습니다. 다른 말로 하면 백석과 윤동주의 이 두 시 모두 '결핍'을 노래한 시라 할 수 있습니다. 제가 어릴 적 느꼈던 슬픔도 아름다움이 결핍되어서였음을 이제야 깨닫습니다.

결핍은 '있어야 할 것이 없는' 상태를 말합니다. 결핍은 '영원성에 담겨졌던 인간의 숭고한 가치와 믿음을 잃'었을 때 일어난다고 독일 철학자 니체Friedrich Wilhelm Nietzsche는 말합니다. 영원히 간직해야 할 인간 됨됨이를 잃어버리고 살아가는 인간을 '가련한 안락'만을 지키려는 '최후의 인간', 즉 인간으로 여기지 않았습니다. 그러므로 두 시에서 있어야 할 것이 없이 살아가는 사람들을 시인들은 연민의 눈으로 바라보고 있습니다. 그런데 잊지 말아야 할 것이 있습니다. 백석은 '가난하고 외롭고 쓸쓸한' 것에 머물지 않고 '높은' 가치를 가난한 사람들에게 부여했습니다. "하늘이 이 세상을 내일 적에 그가 가장 귀해하고 사랑하는 것들은 모두 가난하고 외롭고 높고 쓸쓸하니 그리고 언제나 넘치는 사랑과 슬픔 속에 살도록 만드신 것이다."라고 결핍이 곧 구원이 되는 비밀을 전해 주었습니다. 그처럼 윤동주도 "겨울이 지나고 나의 별에도 봄이 오면" '자랑처럼 풀이 무성'하듯 채움이 있을 것이라 예언합니다. 이 모두 변함없이 이어진 영원한 이야기입니다.

보이지 않으나
분명 존재하는 것

살구나무 그늘로 얼굴을 가리고, 병원 뒤뜰에 누워, 젊은 여자가 흰옷 아래로 하얀 다리를 드러내 놓고 일광욕을 한다. 한나절이 기울도록 가슴을 앓는다는 이 여자를 찾어오는 이, 나비 한 마리도 없다. 슬프지도 않은 살구나무 가지에는 바람조차 없다.

나도 모를 아픔은 오래 참다 처음으로 이 곳에 찾어왔다. 그러나 나의 늙은 의사는 젊은이의 병을 모른다. 나한테는 병이 없다고 한다. 이 지나친 시련, 이 지나친 피로, 나는 성내서는 안 된다.

여자는 자리에서 일어나 옷깃을 여미고 화단에서 금잔화 金盞花 한 포기를 따 가슴에 꼽고 병실 안으로 사라진다. 나는 그 여자의 건강이 — 아니 내 건강도 속히 회복되기를 바라며 그가 누웠든 자리에 누워 본다.

—「병원」

'맑고 깨끗한 영혼의 소유자'라 불리는 사람이 있었습니다. 환경 운동가 최열이 말 전해 준 이 사람은 전 생애를 도둑맞은 슬픈 청년입니다. 그는 스물다섯에 타국에서 죽음을 맞이하였습니다. 여기까지 얘기하니 누군가 떠오르지 않나요. 아, 윤동주! 그렇지만 꼭 윤동주만은 아닙니다. 안승준이라는 젊은이입니다. 그가 남긴 글 때문에 다시 살아온 사람입니다. 그러나 어두운 얼굴로 마주하였습니다. 아버지가 아들을 위해 묶은 책이 어느 유명 소설가의 손에 표절당해서일까요. 그럼에도 그 여성 작가가 우리 문학의 대명사처럼 아직도 추앙받고 있어서일까요? 우리는 병든 나라에 살고 있습니다. 젊은 영혼을 도둑맞았으니까요.

이 시 제목 「병원」은 윤동주의 유고 시집 표제로 쓰일 뻔 했습니다. 어쩌면 『하늘과 바람과 별과 시』라는 이름으로 윤동주를 만

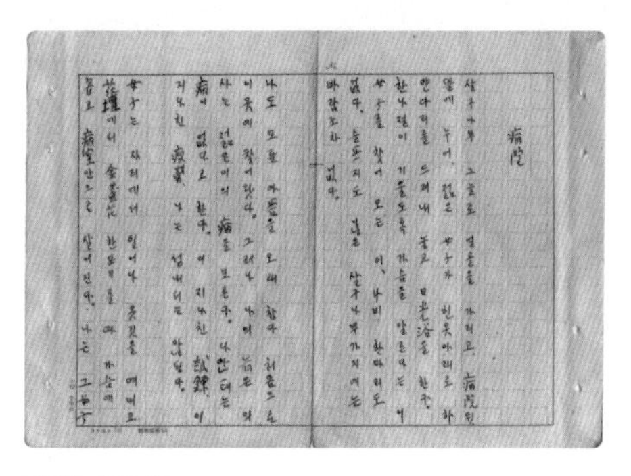

「병원」 육필 원고

나지 못했을 수도 있었습니다. 이 시집 원고를 간직하여 우리에게 전해 준 정병욱에 따르면 세상은 온통 환자투성이라고 윤동주는 생각했다고 합니다. 그래서 『병원』이라 이름 붙인 시집이 앓는 사람들에게 도움이 될 수 있을지도 모른다고 했답니다. 시에 등장하는 여자는 표절당한 안승준 같습니다. '찾아오는 이, 나비 한 마리도 없'습니다. '바람조차' 불지 않습니다. 그럼에도 시에 나오는 '늙은 의사'처럼 세상은 청년들이 겪는 병을 제대로 진단하지 않습니다. 병이 있어도 없다고 말하는 병든 나라에 우리는 살고 있습니다.

윤동주는 하이데거Heidegger, Martin가 말한 바로 그 시인입니다. 타자의 편에 서서 보이지 않으나 분명 이 세상에 존재하는 것을 전해 주는 사람입니다. 릴케는 『두이노의 비가』를 쓸 때 천사의 소리를 들었다고 합니다. 고독해지기 위해 어둠 속에 스스로를 고요히 두었을 때 천사가 찾아와 슬픔과 죽음 속에서도 인간은 아름다운 존재이며 소중하니 사랑받아야 한다는 비밀을 전해 주었습니다. 시 「병원」에서 시인은 여자가 떠난 자리에 가 누웠습니다. 병든 사람과 온몸으로 함께했습니다. 그렇게 김종삼 시 「엄마」에 나오는 시구처럼 '죽지 않는 계단'이 되기 위해 '지나친 시련과 피로'에도 '성내서는 안 된다'는 소명을 갖게 되었습니다. 젊은이들을 죽음으로 내모는 세상은 병든 나라입니다. 그 나라에 윤동주의 시는 천사의 소리입니다.

아름다운
자기 화해

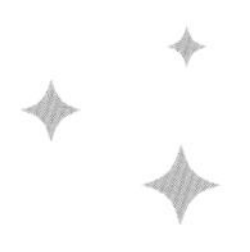

고향에 돌아온 날 밤에
내 백골이 따라와 한방에 누웠다.
어둔 방은 우주로 통하고
하늘에선가 소리처럼 바람이 불어온다.

어둠 속에 곱게 풍화작용하는
백골을 들여다보며
눈물짓는 것이 내가 우는 것이냐
백골이 우는 것이냐
아름다운 혼이 우는 것이냐

지조 높은 개는

밤을 새워 어둠을 짖는다.

어둠을 짖는 개는

나를 쫓는 것일게다.

가자가자

쫓기우는 사람처럼 가자

백골 몰래

아름다운 또 다른 고향에 가자.

—「또 다른 고향」

이쯤에서 윤동주가 전통적인 유교 집안에서 자란 사람만이 아니라 기독교에 속한 사람이라는 사실을 떠올렸으면 합니다. 병든 자는 몸만 살려야 하는 것이 아니라 영혼도 살펴야 하기 때문입니다. 윤동주의 할아버지는 기독교 장로였습니다. 고향은 함북 회령으로 어려서 간도에 건너가 손수 황무지를 개척하고, 기독교가 들어오자 신자가 되었다고 합니다. 윤동주가 자란 만주에 있는 용정

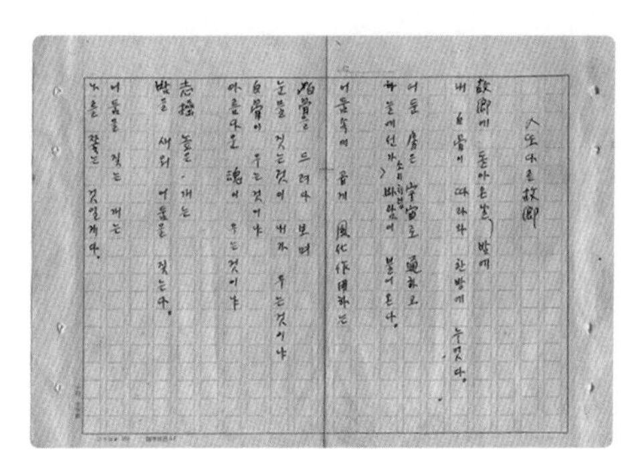
또 다른 故鄕

故鄕에 돌아온 날 밤에
내 白骨이 따라와 한방에 누웠다.

어둔 房은 宇宙로 通하고
하늘에선가 소리처럼 바람이 불어온다.

어둠 속에 곱게 風化作用하는
白骨을 들여다 보며
눈물 짓는 것이 내가 우는 것이냐
白骨이 우는 것이냐
아름다운 魂이 우는 것이냐

志操 높은 개는
밤을 새워 어둠을 짖는다.

어둠을 짖는 개는
나를 쫓는 것일게다.

「또 다른 고향」 육필 원고

은 그렇게 조선에서 떠나온 사람들이 모여 종교적으로 공동체를 이루며 살았던 곳입니다.

용정이 고향인데 '또 다른 고향'은 어디일까요. '본향本鄕'이란 말이 있습니다. '본디 고향', 즉 '조상이 태어난 곳'을 말합니다. 특히, 기독교에서는 '아버지의 땅', '하늘나라', '천국'을 이릅니다. 그러므로 이 시는 죽음에 앞서가 자신을 돌아보는 장면을 담고 있습니다. 1941년 9월에 쓴 시입니다. 윤동주가 일본 유학을 가기 전 잠시 고향 용정에 있는 명동 마을로 갔던 시기입니다. 그해 12월 윤동주는 연희 대학 문과를 졸업하고 이듬해 일본 릿교 대학 영문학과에 입학하기 위해 일본으로 유학길에 오릅니다. 일제 식민 지배가 극에 달한 시기입니다. 태평양 전쟁을 일으켜 총동원령이 내려졌습니다. 물자도 사람도 모두 빼앗고 끌려갔습니다.

실제 그는 몸도 마음도 '백골'처럼 야위었을 겁니다. 좀비처럼 부두교 사제가 마음대로 부렸던 처지가 되어 고향으로 돌아온 것입니다. 일제가 우리 민족을 그렇게 지배했기에 우리는 정신을 내어 놓은 채 백골처럼 살았습니다. 그러므로 백골은 현실에 찌든 윤동주의 그림자이기도 합니다. 김소월의 「초혼」을 이야기할 때, '혼백魂魄'을 말했지요. 생각나지요. 사람은 혼魂과 백魄으로 이루어졌으며 죽으면 혼은 하늘로, 백은 땅으로 돌아간다고 했지요. 백골과 아름다운 영혼, 즉 혼백이 함께 누운 어둔 방은 그가 마지막 맞을 장소로 보입니다. 그때 하늘에서 바람처럼 '소리'가 들립니다. 릴케가 들었던 천사의 소리 같습니다. 이제 본향, 천국으로 돌아와 영원한 삶을 살라는 것이 아닐까요. 지쳤으니 아무래도 그런 마음이었을 겁니다.

'어둔 방'은 백골로 분열된 시인이 자기와 화해하는 공간이며 절대자와 교감하는 공간입니다. 하늘의 소리는 새롭게 정착할 아름다운 고향을 알려 주고 있습니다. 그런데 또 다른 고향으로 가기 위해서는 뉘우침이 앞서야 합니다. '풍화 작용' 한다는 것은 바위가 파괴되고 분해되어 형체를 잃듯 새롭게 변신하는 상황입니다. 뉘우침을 자연 현상으로 바꾸어 표현한 것입니다. 그래서 시인과 백골과 아름다운 혼이 하나가 될 때 '울음'이 터집니다. 이것을 조금 어렵지만 '자기 화해'라고 합니다. 힘든 현실에 처한 자기를 다독이는 것이지요.

다시 시는 어둔 방을 나와 현실로 돌아옵니다. '지조 높은 개'가 '어둠을 짖'고 있습니다. 이때 어둠은 하늘과 교감하고 나와 화해하는 내면 공간이 아니라 시인이 처한 현실 공간입니다. 그렇다면 이 '지조 높은 개'는 무엇을 말하는 것일까요. 대체로 설명하기 곤란해 두루뭉술하게 넘어가는 부분입니다. 갑자기 '상갓집 개'가 떠오릅니다. 먹여 주고 보살폈던 주인이 죽어 처량한 신세라는 뜻이지요. 공자孔子가 스스로 자신을 그렇게 말했습니다. 참으로 어려운 처지에 있을 때입니다. 세상은 자신을 알아보지 못하고 제자들은 떠나가고 홀로 남아 더 없이 쓸쓸합니다. 그렇지만 공자는 세상에 대해 원칙과 신념을 굽히지 않았습니다. 그것을 두고 지조志操있다고 하는 겁니다. 그러니 상갓집 개로 스스로 낮추었지만 지조 높은 개로 높이 바라볼 따름입니다. 그래서 공자는 성인聖人으로서 인류의 참 스승으로 오늘날까지 자리하고 있습니다. 이렇게 보니 윤동주는 종교적 덕목만 있는 것이 아니라 선비적 품성도 갖추었네요. 중요한 사실입니다. 윤동주를 어느 한쪽으로 보아서는 안 되는 이유지요.

이제 이 시를 정리하지요. 이 시와 앞서 언급한 「병원」을 비교하면 '병원'이 '고향'으로 교체되고 '여자'가 '백골'로 바뀌었습니다. '살구나무 그늘'이 '어둔 방'으로 옮겨졌지만 서로 다른 사람이 '함께 눕는다'는 말에서 동일한 장소라 할 수 있습니다. 그리고 자기 내면에서 나와 또 다른 주체, 즉 다른 사람, 타자를 바라보고 있습니다. 「병원」에서 시련과 고통 속 여자, 즉 타자와 치유를 모색했듯이 또 다른 고향, 즉 유토피아를 꿈꾸고 있습니다. 죽어가는 여린 영혼들에게 생명의 소리를 전하려는 겁니다. 그런데 아무리 봐도 본향은 죽음 이후에 있지 않고 역사 속, 즉 현실 속에 있는 것 같습니다. 현실 문제가 더 시급하니까요.

신과 자연과 인간이 더불어 사는 세상

죽는 날까지 하늘을 우러러
한 점 부끄럼이 없기를,
잎새에 이는 바람에도
나는 괴로워했다.
별을 노래하는 마음으로
모든 죽어가는 것을 사랑해야지
그리고 나한테 주어진 길을
걸어가야겠다.

오늘 밤에도 별이 바람에 스치운다.

— 「서시」

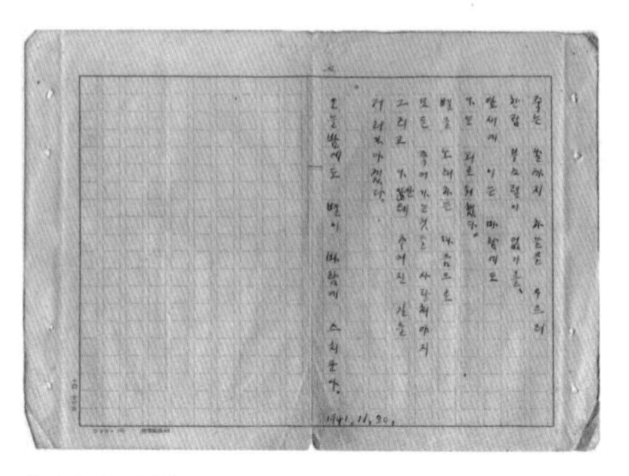

「서시」 육필 원고

시민 시인으로서 윤동주의 생각이 담긴 시입니다. 본래 제목 없이 첫 시집 묶을 원고 맨 앞에 놓은 글입니다. 권두언卷頭言이라고 하지요. 책 머리말 같은 겁니다. 시 형식을 빌려 쓴 것이라 시처럼 볼 수도 있습니다. 이처럼 시집 안에 나오는 시보다 더 눈길을 끌 만큼 좋은 권두언은 드뭅니다. 그래서 시집 출판 때 아예 '서시'라 이름 붙여 내보낸 것이지요. 그래도 괜찮은 거 같습니다. '서시'에서 '서序'는 글 서문으로 내용이나 목적을 간단히 적은 글을 말합니다. 다시 말해 글의 '실마리'가 되는 말입니다. 그러니 이 시는 윤동주 시집 전체를 알 수 있는 단서端緖, 즉 시 이해의 첫 걸음이기도 하고, 윤동주라는 사람이 누군지 살펴볼 수 있는 안테나이기도 합니다. 텔레토비처럼 여러분도 안테나를 조금 더 길게 뽑으면 세상 전

파가 잘 잡힐 겁니다.

“죽는 날까지 하늘을 우러러/한 점 부끄럼이 없기를/잎새에 이는 바람에도 나는 괴로워했다”는 고백은 자기를 찬찬히 살펴보고 부끄러워하며 뉘우치는 모습입니다. 자신과 화해하려는 것이지요. 이는 신과 교감함으로써 이루어집니다. 그때 바람이 스쳤지요. 다른 시에서도 보았지만 ‘바람’은 하늘의 메신저, 신이 보내는 신호와 같습니다. 이러한 마음에 힘입어 시인은 “모든 죽어가는 것들을 사랑해야지”라고 결심합니다. 이는 윤동주의 역사적이며 사회적인 의지가 드러나는 말입니다. 마음 굳게 먹고 하는 말이기 때문입니다. 죽음과 같은 처지에 있는 존재들과 운명을 함께하겠다는 다짐이기에 더욱 그렇습니다. “그리고 나한테 주어진 길을/걸어가야겠다”는 미래지향적 의지를 펼칩니다. 아직 실현되지 않은 세계, 즉 또 다른 고향에 가려는 뜻입니다. 그 세계는 우주의 다른 모든 존재와 공생하는 꿈이 이루어지는 곳입니다. 동시에 윤동주가 믿는 절대자의 말을 포함하는 초월적 자세이기도 합니다. 이처럼 윤동주는 하늘(신)과 바람과 별(자연)과 시(인간)가 더불어 사는 세상을 시 속에 펼쳐 놓았습니다.

윤동주를 생각하면 늘 가슴이 저립니다. ‘저리다’라는 말 아나요. 뼈마디가 눌려 감각이 없는 것처럼 아린 느낌 말입니다. 해방된 나라에서 여러분처럼 밝게 살았다면 얼마나 더 좋은 시를 많이 썼을까요. 안타깝습니다. 병든 나라에서 그도 여린 영혼이었습니다. 그럼에도 아름다운 시를 남겨 우리에게 영원한 생명이 무언지 알려 주었습니다. 니체가 「선악의 저편」에서 한 말이지만 윤동주가 속삭인 듯 괄호 쳐 되뇌어 봅니다. "인간은 아직 확정되지 않은 동물이야.(그러니 걱정하지 말고 꿈꾸는 일을 향해 나아가.)", "인간은 극복되어야 할 그 무엇이야.(그러니 오늘 겪고 있는 어려움은 충분히 이겨낼 수 있어. 힘내자.)", "너는 너 자신이 되어야 해(그러니 자신을 아끼고 사랑하자.)."

김수영

금 간 얼굴과 쓰러진 자에게 상상력을

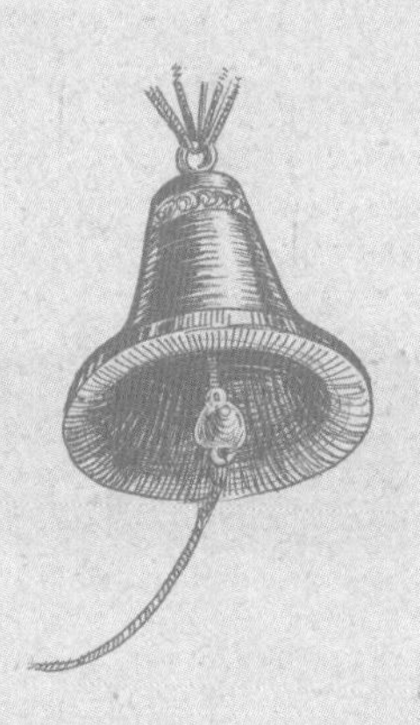

저는 김수영을 기리는 일을 하고 있지요. 「김수영기념사업회」를 만들어 김수영을 알리는 일에 활동하기도 하고 「김수영연구회」에서 그의 문학을 연구하기도 합니다. 김수영이 태어난 11월 27일이면 「김수영문학관」에 자리를 마련해 김수영 시를 낭송하고 연극으로 만들어 무대에 올리기도 하고 노래 공연도 하지요. 물론 저 혼자 하는 일이 아니고 그를 따르는 많은 사람들이 함께 합니다. 6월 15일은 김수영이 불행하게 세상을 떠난 날입니다. 그래서 그의 시비가 있는 도봉산 자락에 찾아가 헌화하고 그를 추억합니다. 김수영, 김춘수, 김종삼을 대상으로 박사 논문을 쓴 이후 그의 추종자가 되었습니다.

그대 이전도 이후도 없는 거기에
그대가 신이 될 줄이야
내 증오와 질시의 끝은 거기다
무수한 억측으로 쌓은 성전을 떠나
쓰러진 그대의 피 흘리는 언어를 내 시의 무덤에 몰래 묻어 두고
어느새 생활의 조각조각을 빼곡히 맞추고 있으니
부끄럽다
사소한 관념을 무너뜨린 턱 괸 시선
무엇을 포기할 것도 없이
나는 식민지
그대는 감각의 제국

— 이민호, 「시인의 얼굴 — 김수영」에서

제가 쓴 시 일부입니다. 세 번째 시집 『완연한 미연』에 실었지요. 시집을 묶을 때마다 시민 시인들에 대해 쓴 시를 넣고 있습니다. 추앙한다는 뜻이지요. 이 시는 김수영에게 저를 온전히 내놓는 고백입니다. "나는 김수영 제국의 식민지다."라고 외치고 있습니

다. 시 「복종」에 담은 한용운의 마음 자세와 같다고 할까요. "자유를 모르는 것은 아니지만, 당신에게는/복종만 하고 싶어요" 그런 뜻이죠. 김수영이 저의 신이 되었네요. 그러면 지금까지 여러분에게 외쳤던 시민 시인이 아닌데요? 너무 멀리 있으니 말입니다.

김수영(1921~1968)

이렇게 누군가를 무조건 뒤따르는 사람들을 예사롭게 '에피고넨epigonen'이라 부릅니다. 이 말은 그리스 신화에서 유래했는데 테베를 공격하다 전사한 그리스 일곱 장군의 아들들을 가리킵니다. '후손', '나중에 태어난 자'라는 뜻입니다. 장군의 명성만을 가져간 아들이지요. 후에 뜻이 변하여 예술에서 뛰어난 선구자를 모방하기 일삼는 아류를 가리키게 되었습니다. 그러므로 좋은 말이 아닙니다. 누군가에게 너는 누구의 에피고넨이야 하면 가장 큰 욕입니다. 그만큼 자기 존재감 없이 누군가의 그늘에서 잰체하는 사람이라는 말이기 때문입니다.

다시 고백합니다. 저는 김수영의 에피고넨이 아닙니다. 김수영을 그렇게 좋아하지 않았지요. 왜냐하면 시가 불친절하고 모호

했기 때문입니다. 더군다나 시보다 산문을 더 많이 써서 남들을 가르치려고 하는 태도가 못마땅했으니까요. 시인이면 시만 잘 쓰면 되지라는 생각이었으니까요. 그래서 박사 논문을 쓸 때도 내심 김종삼을 좋아해 들러리 서게 한 꿍꿍이가 있었습니다. 제 시를 다시 보았으면 좋겠어요. 그는 우리 시문학에서 '이전도 이후에도 없는' 시를 썼습니다. 그는 '피 흘리는 언어'로 노래하였습니다. 그만큼 새로웠습니다. 현실의 부조리와 싸우기를 두려워하지 않았으니까요. 상투적으로 시에 나오는 '사소한 관념' 즉 하나 마나하고 옛날부터 아무 생각 없이 써온 표현을 '무너뜨린' 과감한 시 쓰기입니다. 남의 눈치를 보지 않는다는 점에서 자존심 센 시민이었지요. 처음 봤을 때는 거부감이 들었는데 자꾸 보니 잘못 봤구나 하는 그런 친구 말입니다. 그래서 그를 다시 보게 되었습니다.

빈천이야말로
위대한 사상을 낳는 고향

꽃이 열매의 상부에 피었을 때
너는 줄넘기 작란作亂을 한다

나는 발산한 형상을 구하였으나
그것은 작전 같은 것이기에 어려웁다

국수—이태리어로는 마카로니라고
먹기 쉬운 것은 나의 반란성反亂性일까

동무여 이제 나는 바로 보마
사물과 사물의 생리와

사물의 수량과 한도와

사물의 우매와 사물의 명석성을

그리고 나는 죽을 것이다

—「공자의 생활난」

김수영이 어떤 시인인지 한마디로 규정할 수 없어 매력적입니다. 그렇기 때문에 사람마다 자기식대로 말하는 빌미를 주기도 합니다. 여러분은 4·19 혁명을 통해 만들어진 김수영을 떠올릴 수 있습니다. 가장 멋진 모습이지요. 현실 부조리에 대해 쓴소리하는 용기 있는 시인으로 비칠 것도 같습니다. 그런데 이 시를 대하는 순간 고개를 젓고 말 겁니다. 무슨 말인지 통 알아들을 수 없으니 말입니다. 김수영을 연구하고 추종하는 사람들도 마찬가지입니다. 좀체 시원하게 읽어 내지 못합니다.

시민 시인으로서 김수영을 다시 읽어 보면 좀 더 명쾌할까요. 자신은 없지만 한번 살펴보지요. 이 시와 「묘정의 노래」는 김수영이 처음 쓴 시입니다. 「묘정의 노래」는 1946년 『예술부락』에 발표했습니다. 실제 두 시 모두 1945년 같은 해에 썼습니다. 발표를 달리 했을 뿐입니다. 「묘정의 노래」는 박인환에게 핀잔을 많이 들었습니다. 해방 이후 새로운 발걸음을 모색했던 도시인 박인환의 눈에는 너무 예스러워 보였으니까요. 친구처럼 지냈는데 인정받지 못했던 김수영은 마음이 편치 않았습니다. 그래서인지 「공자의 생활난」은 한참 지나 1949년 『새로운 도시와 시민들의 합창』에 실었습니다. 이 잡지는 '사화집詞華集'으로서 앤솔러지anthology라고도 합니다. 여러 사람들 작품을 모아 펴낸 책입니다. 당시 문단을 지배했던 '청록파'의 전통적 정서와 다른 생각을 가진 시인들이 묶은 시집입니다. 제목에 '시민'이 들어가니 김수영은 시민 시인이 분명하네요.

廟庭의 노래

金洙暎

歸航

「묘정의 노래」(『예술부락』 3월호, 1946)

문제는 공자를 언급한 것입니다. 그때나 지금이나 왜? 하는 반응이지요. 현실에 너무 어울리지 않은 소재였으니까요. 공자가 아니라 당시 유명한 정치인을 소재로 삼았으면 좋았을 것을 말입니다. 그래서 김수영도 스스로 이 시가 보잘 것 없고 그냥 한번 써 본 것이라 애써 변명하기도 했습니다. 그렇다고 이 시를 그냥 묻어둘까요? 그래서는 안 되겠죠. 이 시에 중요한 시민 이야기가 있고 이후 김수영 시의 바탕이 되기 때문입니다.

공자와 김수영은 서로 어울리지 않는 사람처럼 보입니다. 공자는 이천 년 전에 '인仁'을 주장했습니다. 즉 사람이 갖추어야 할 가장 근본적인 덕목으로서 '어질어'야 한다고, 한마디로 착해야 한다고. 이와 달리 김수영은 '불온不穩'해야 한다고 주장합니다. '온순'해서는 안 된다는 것이지요. 물론 온순하지 않다고 해서 착하지 않은 것은 아니지만. 어쨌든 말 분위기는 영 다릅니다. 김수영은 사사건건 까탈스럽습니다. 그냥 적당히 넘어가는 일이 없습니다.

우선 시를 볼까요. '작란作亂'과 '작전作戰'과 반란反亂같은 어휘에 너무 신경 쓰면 무슨 뜻인지 알기 어렵지요. 이 시가 공자의 생활을 소재로 삼았으니 공자에게서 무엇을 발견했는지 보지요. 두 가지입니다. "이제 나는 바로 보마", "나는 죽을 것이다"에 담긴 뜻입니다. 앞은 공자가 현실을 어떻게 보는가 문제이고, 뒤는 나는 누구인가 깨달은 내용입니다. 공자는 전쟁터 같은 생활의 불안(시 속에서는 '작란' 같다고 했네요.)과 입신양명, 즉 출세하여 이름을 세상에 떨쳐야 하는 길을 막는 불공정(이 속에서는 '작전'이라 했네요.)과 맞서고 있습니다. 공자가 살았던 춘추 전국 시대는 혼란의 구렁텅이였습니다. 죽음을 피하기 어려운 현실에서 공자가 스스로를 무엇이라고 사람들에게 보여줘야 했을까요. 이때 공자는 세상을 지배하고 있는 정의롭지 못한 논리와 대결했습니다. 시 속에 나오는 '반란성'입니다. 김수영은 우리가 알고 있던 공자를 지우고 새롭게 발견한 것이 분명합니다. 그러므로 이 시에 대해 말했던 상투적인 판단은 멈춰야 합니다. 마찬가지로 이 지점에서 김수영을 '바로 보게' 됩니다.

공자는 패배자입니다. 갑골문과 한자학의 대가 시라카와 시즈카는 공자를 실패한 인물로 평전을 썼습니다. 그는 말합니다. 이름 없는 무당의 사생아로 태어나 일찍이 고아가 돼 무당 무리 틈에서 비천하게 성장한 삶이 공자라고. 그랬기에 인간이란 무엇인가 생각했고 살고 죽는 것이 무엇인가 고민했다고. 그러면서 사상은 부귀하고 지체 높은 신분에서 생기는 것이 아니며 빈천이야말로 위대한 사상을 낳는 고향이라고 말합니다.

중국 한나라 이후 지배자들은 공자의 이름을 가져다 규범으로 만들어 이것이 공자의 정신이라 널리 퍼뜨렸습니다. 공자의 제자 맹자孟子가 말한 '의義'입니다. 공자의 '인'을 실천하는 행동 강령으로 엄격하게 만든 것이지요. 오히려 그렇게 되니 공자의 정신은 사라지고 규범을 넘어서는 자유는 묶이게 되었습니다. 공자는 벼슬길에 나아가지 못해 전전긍긍하는 자로 이미지화되었습니다. 그래서 오늘날 공자를 잔소리하는 노인처럼 여깁니다.

김수영이 바로 보게 된 공자의 실체는 실패자입니다. 그것은 김수영의 실체이기도 하고, 우리 시민들의 모습이기도 합니다. 우리들은 시 속에 나오는 '상부에 핀 꽃도, 발산한 형상'이 아닙니다. 김수영이 새롭게 깨달은 '사물의 생리'는 '수량과 한도와 우매와 명료성'을 바탕으로 하는 새로운 세상 읽기입니다. 수량과 한도에 눈을 두는 것은 현실적인 눈으로 세상을 바라보려는 것이고, 우매와 명료성을 판단 기준으로 삼는 것은 한 가지만 생각하지 않고 그 반대편도 생각하는 균형 잡힌 태도를 말합니다.

공자는 『논어』를 쓰지 않았습니다. 후대 사람들이 공자의 말을 모아 놓은 것이지요. 그러니 공자의 뜻과 정확히 같을 수는 없습니다. 공자는 경전 속에서 사회를 옭아맨 채 한 방향으로 나아가라 하지 않았지요. 공자는 인간적 감정을 지닌 사람입니다. 규범과 원리의 파괴자이며 다양성을 추구한 열린 존재입니다. 세속에만 매달리지 않고 끊임없이 꿈꾸었던 사람입니다. 오지 않는 것을 기다리는 사람입니다. 이러한 이야기가 바로 시민들의 이야기와 만나고 있습니다. 그래서 그의 실패는 위대합니다. 김수영이 비로소 바로 보게 된 지점입니다. 김수영은 "그리고 나는 죽을 것이다" 선언합니다. 이 죽음은 결코 실제적인 죽음이 아니겠지요. 기존의 상투적인 생각에 대해 이제 끝났다라고 단호히 말하는 거지요. 이 말은 이미 공자도 말했지요. 『논어』「이인里仁」편에 나오는데, “아침에 도를 들으면 저녁에 죽어도 좋다朝聞道夕死可矣”라고. 죽음을 무릅쓰는 것은 삶을 더 풍요롭게 하려는 것입니다. 시민들의 생활도 마찬가지가 아닐까요. 넘어지면서도 다시 일어서는 생활의 장난 같은.

사랑은 검소하고
겸손한 아낌

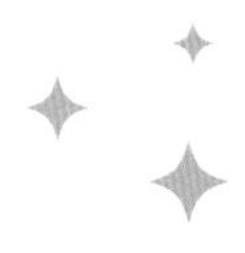

어둠 속에서도 불빛 속에서도 변치 않는

사랑을 배웠다 너로 해서

그러나 너의 얼굴은

어둠에서 불빛으로 넘어가는

그 찰나에 꺼졌다 살아났다

너의 얼굴은 그만큼 불안하다

번개처럼

번개처럼

금이 간 너의 얼굴은

—「사랑」

김수영의 「공자의 생활난」을 읽고 우리는 김수영이 세상 논리보다는 인간답게 살아가는 생활의 지혜를 더 소중히 여긴다는 것을 알게 되었습니다. 겉으로 빛나는 사람들의 허위보다는 실패와 좌절의 연속이지만 사람됨을 잃지 않는 사람들에게 더 눈길을 주었다는 것을. 이 시는 그러한 김수영의 바로 보기 신공을 잘 담고 있습니다.

'사랑'은 우리가 잘 알고 있는 것 같지만 무엇이라 설명하려면 쉽지 않네요. 여러분은 어떤가요? 약간 쑥스럽기도 하고 겸연쩍기도 하지요. 그렇다면 그 사랑은 연인 사이에 이루어지는 것이겠죠. 그런데 김수영이 시에 담은 사랑은 거기서 머물러 있는 것 같지 않습니다. 노자가 『도덕경』에서 이야기한 세 가지 보물을 보면 "나에게 보물이 셋 있어서 소중하게 지니는데 하나는 사랑이요. 둘은 검소요 셋은 스스로 우쭐대며 사람들 앞에 나서지 않는 것이다(67장에서)." 노자는 '사랑과 검소와 겸손'을 보물이라 했습니다. 사랑이 뭐냐고 묻는다면 이제 검소와 겸손 같은 보물이라 답하면 됩니다.

모두 시민의 덕목이네요. 함부로 쓰지 않으며 우쭐대지 않는 것이 사랑이네요. 그러니 늘 남을 배려하는 모습이네요. 보호, 배려, 염려, 걱정 속에 다 담겨 있네요. 이것을 '아낌'이라 합니다. 이때 노자는 천하 만물과 일치되는 것을 강조합니다. 타자에게서 나를 보려는 것이지요. 그래서 나를 아끼는 것이기도 합니다. 남도 사랑해야 하지만 나도 사랑해야 하는 것이지요.

이 시는 사랑이 일치의 순간에 일어나는 것임을 잘 보여 줍니다. 사랑을 누구에게서 배웠나요. '너'에게서, 특히 '너의 얼굴', 나아가 '너의 불안'에서 배웠다고 합니다. 두려움은 과거의 일입니다. 겪었기에 느끼는 공포지요. 불안은 미래의 일입니다. 앞으로 일어날 일을 알지 못하기 때문입니다. 그리고 모든 것은 오늘의 문제이기도 합니다. 지금 처한 상황 때문입니다. '너의 얼굴'에 '금'이 갔다는 것은 네가 온전하지 않다는 뜻이지요. 김수영은 타자의 얼굴에 드리운 현재 형편을 보았습니다. 그리고 불안에 떠는 그를 자기와 일치시켰습니다. 그때 알았습니다. 이게 사랑이라는 것을. 이 사랑은 '어둠 속에서도 불빛 속에서 변치 않는' 거네요. 그것을 누가 가르쳐 주었나요? 다시 확인하려는 뜻은 내가 혼자가 아니라는 것을 강조하기 위해서입니다. 입장을 바꿔 어느 날 내가 불안 속에 있다면 누군가 내게 손을 내밀 거라는 믿음이지요.

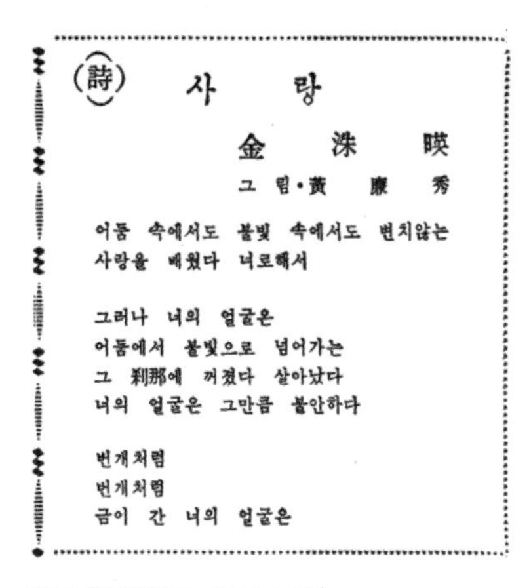
(詩) 사 랑

金 洙 暎

그 림·黃 廉 秀

어둠 속에서도 불빛 속에서도 변치않는
사랑을 배웠다 너로해서

그러나 너의 얼굴은
어둠에서 불빛으로 넘어가는
그 刹那에 꺼졌다 살아났다
너의 얼굴은 그만큼 불안하다

번개처럼
번개처럼
금이 간 너의 얼굴은

「사랑」(『동아일보』, 1960. 1. 31.)

그런데 사랑은 언제 배우게 되나요. 긴 시간과 인내가 필요하지 않습니다. '번개처럼' 순간입니다. '찰나'는 무슨 일이 일어나는 그 때를 가리킵니다. 그러니 사랑이 일어나는 그때를 놓치지 않았으면 합니다. 그러려면 타자의 얼굴을 잘 읽어야지요. 순간을 놓치지 않도록 해야지요.

그 순간은 누군가 불안한 때입니다. 미래를 걱정하고 있으니 어서 손 내밀어 보세요. 괜찮다고, 괜찮다고, 괜찮다고. 사랑이 이루어지는 순간을 상상해 보자고요.

누구를 위하여
종은 울리나

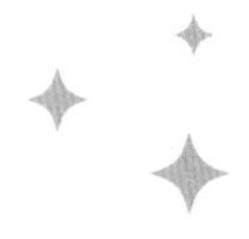

애타도록 마음에 서둘지 말라

강물 위에 떨어진 불빛처럼

혁혁한 업적을 바라지 말라

개가 울고 종이 들리고 달이 떠도

너는 조금도 당황하지 말라

술에서 깨어난 무거운 몸이여

오오 봄이여

한없이 풀어지는 피곤한 마음에도

너는 결코 서둘지 말라

너의 꿈이 달의 행로와 비슷한 회전을 하더라도

개가 울고 종이 들리고
기적 소리가 과연 슬프다 하더라도
너는 결코 서둘지 말라
서둘지 말라 나의 빛이여
오오 인생이여

재앙과 불행과 격투와 청춘과 천만인의 생활과
그러한 모든 것이 보이는 밤
눈을 뜨지 않은 땅속의 벌레같이
아둔하고 가난한 마음은 서둘지 말라
애타도록 마음에 서둘지 말라
절제여
나의 귀여운 아들이여
오오 나의 영감靈感이여

—「**봄밤**」

여러분에게 전하고 싶은 이야기가 담긴 시입니다. "서둘지 말라." 우리는 지금 정신없이 바쁜 시대에 살고 있습니다. 아이건 어

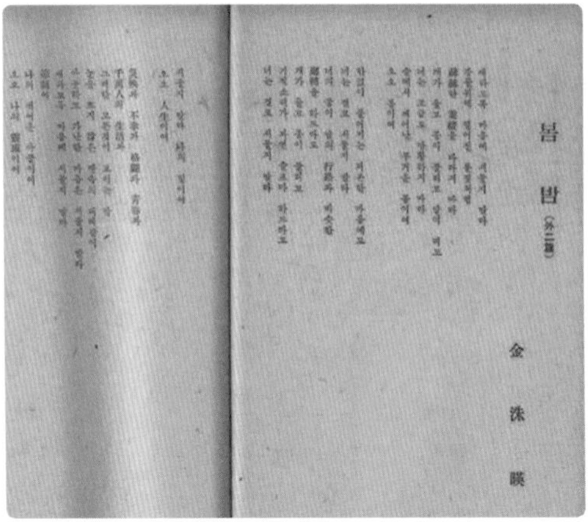

「봄밤」(『현대문학』 12월호, 1957)

른이건 쫓기듯 서두르고 있습니다. 왜 그럴까요. 조바심 때문이죠. 어서 이루지 않으면 남이 알아주지 않고 낙오자가 될 것 같기 때문이죠. 세상은 우리를 그렇게 재촉합니다. 김수영도 마찬가지인가 봅니다. '강물 위에 떨어진 불빛처럼' 눈부셨으면 좋겠는데, 매우 아름답고 크나큰 업적을 이루고 싶은데 현실은 그렇지 않기에 몹시 답답하고 안타까워 속 끓이고 있습니다.

애끓는 마음입니다. 스스로 탓하다 남 탓하기도 합니다. 왜 그럴까 곰곰 따져보면 '아둔하고 가난한 마음' 때문인 것 같습니다. 물질적 가난도 감당하기 어렵지만 마음의 가난이야말로 모든 것을 송두리째 포기하도록 이끕니다. 이루고자 하는 뜻이 없는 것도 아닌데 선뜻 다가서지 않는 희망 앞에 길길이 날뛰는 시절입니다. 봄은 완연한데 절망이 가득합니다. 김수영도 그런 봄밤을 맞이하였습니다. 온갖 불행과 맞닥뜨린 밤입니다. 어쩌지 못하는 가난 앞에 당황하며 슬퍼하고 있습니다.

'개가 울고 종이 들리고 달이' 뜬 밤은 죽음으로 가득합니다. 공자는 먹고 살 일자리도 없이 여기저기 떠돌던 신세였습니다. 그 딱한 모양을 가리켜 '상갓집 개'라 하였습니다. 성인도 그런 밤을 보내고서야 '인仁'을 깨우치지 않았나요. 봄밤에 조종弔鐘이 울립니다. 누군가 죽었다는 알림입니다. 불우 속에서도 영국 시인 존 던은 누구를 위하여 종은 울리나 되묻곤 하였습니다. 셰익스피어 시대에 살았지만 나중에 알려진 시인입니다. 시 「종은 누구를 위하여 울리나」에서 그는 말합니다. 종은 그대를 위하여 울린다고, 모든 이의 죽음이 나를 아프게 한다는 인류애로 오늘날 영국 시인들의 스승으로 자리하였습니다. 김수영도 그런 밤 속에 웅크리고 있습니다.

김종삼은 시 「시인 학교」에서 우리나라에 시인다운 시인으로 두 사람을 꼽습니다. 김소월과 김수영입니다. 이들만이 현대성을 갖춘 시인이라는 뜻입니다. 다른 말로 하면 오늘 우리 곁에 살아 숨 쉬는 인정과 정리情理를 제대로 노래했다는 추앙입니다. '혁혁한 업적'에 눈 돌린 모리배가 아니라 달의 행로처럼 좌절을 반복한다 해도 '재앙과 불행과 격투와 청춘과 천만인의 생활'을 다시 보고자 했던 시인입니다. 그런 김수영이 스스로 속삭이며 다독입니다. 서둘지 말라고 서둘지 말라고. 애타하지 말라고. 곧 눈 뜨게 될 것이라고. 그렇습니다. 여러분! 아직 봄이잖아요.

세상 모든 풀들에게 애도를

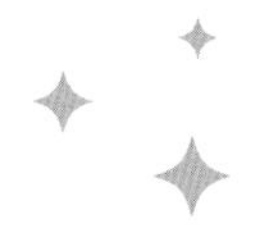

풀이 눕는다

비를 몰아오는 동풍에 나부껴

풀은 눕고

드디어 울었다

날이 흐려서 더 울다가

다시 누웠다

풀이 눕는다

바람보다도 더 빨리 눕는다

바람보다도 더 빨리 울고

바람보다 먼저 일어난다

날이 흐리고 풀이 눕는다

발목까지

발밑까지 눕는다

바람보다 늦게 누워도

바람보다 먼저 일어나고

바람보다 늦게 울어도

바람보다 먼저 웃는다

날이 흐리고 풀뿌리가 눕는다

—「풀」

이 시는 김수영의 대표시죠. 다른 시들은 읽기 어려워 뭐라 말하지 못해도 이 시에 대해서는 모두들 한 마디 할 수 있죠. 쉽게 쓴 시여서 그럴까요. 아니죠. 그만큼 열려 있다는 뜻이겠죠. 그래서 풀은 민중이 되고, 풀이 눕고 일어서는 일은 민중의 생명력을 은유하기도 하지요. 김수영은 순식간에 민중 시인이 됐고요. '민중'이란 말이 새롭게 등장하네요. 돌이켜 보면 '민족시인'은 식민지 시대에 제국주의에 대항하는 논리로서 등장했고, '국민 시인'은 산업화 시

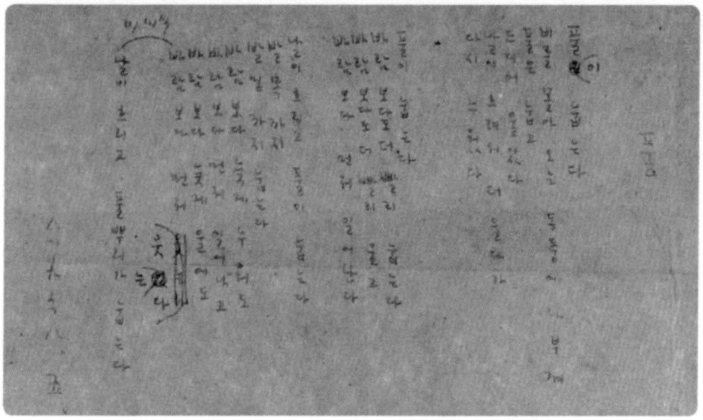

「풀」 육필원고

대 국가를 대표할 상징으로서 역할을 했습니다. '민중 시인'은 민주주의를 억압했던 군사독재 시대에 저항을 담은 뜻으로 많이 쓰였습니다. 그러고 보니 모두 밖에서 오는 힘에 대항하는 비주체적 대응이었군요. 시민 시인은 어떤가요. 밖에 휘둘리지 않고 스스로 이야기하는 존재이지요. 시민 공동체가 만드는 이야기에 전에 없던 이야기를 보태는 시인이지요. 그래서 각자 소중하면서도 더불어 아름다운 공동체를 이루고 있지요. 이 시를 이해하기 위해 다음 두 편의 김수영 시와 견주어 볼까요.

너도 나도 스스로 도는 힘을 위하여

공통된 그 무엇을 위하여 울어서는 아니 된다는 듯이

서서 돌고 있는 것인가

팽이가 돈다

팽이가 돈다

—「달나라의 장난」에서

더러운 역사라도 좋다

진창은 아무리 더러운 진창이라도 좋다

…(중략)…

요강, 망건, 장죽, 종묘상, 장전, 구리개 약방, 신전,

피혁점, 곰보, 애꾸, 애 못 낳는 여자, 무식쟁이,

이 모든 무수한 반동이 좋다

—「거대한 뿌리」에서

시 「달나라의 장난」에서 눈여겨 볼 것은 '스스로 도는 힘'입니다. 달은 차고 이지러지기를 반복합니다. 그믐달이 되어 곧 사라질 것만 같은데 다시 보름달을 향해 갑니다. 김수영은 이 변신을 팽이

가 쓰러지지 않고 도는 원리에 가져다 놓았습니다. 장난 같지만 결코 스러지지 않는 무한 생명처럼 놀랍습니다. 풀이 눕고 일어나기를 반복하는 형상과 다를 바 없습니다. 풀이 눕는 때는 일정합니다. 거센 샛바람에 어쩔 수 없이

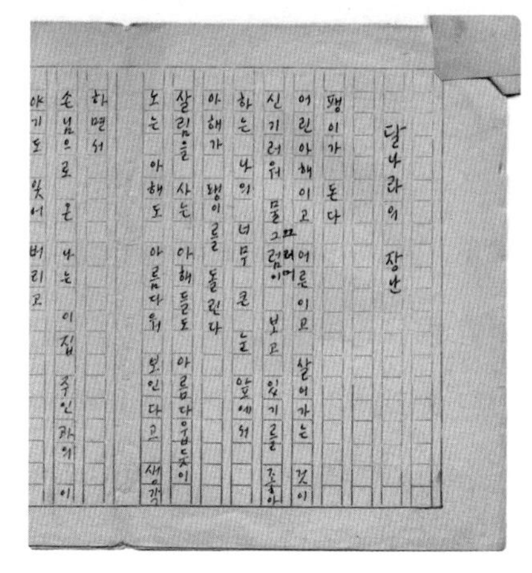
달나라의 장난
팽이가 돈다
어린아해이고 어른이고 살아가는 것이
신기러워 물끄러미 보고 있기를 좋아
하는 나의 너무 큰 눈 앞에서
아해가 팽이를 돌린다
살림을 사는 아해들도 아름다웁듯이
노는 아해도 아름다워 보인다고 생각
하면서
손님으로 온 나는 이집 주인과의 이
야기도 잊어버리고

「달나라의 장난」 육필원고

누울 수밖에 없습니다. 버틴다 해도 소용없는 일입니다. 풀도 잘 알고 있습니다. 그래서 날이 흐리기만 해도 비가 올 것을 예측하고 미리 눕습니다. 그러다 그를 흔드는 바람을 이용하여 다시 일어섭니다. 팽이가 팽이채를 맞으며 쓰러질 듯한 몸을 세우는 격입니다. 알겠지요. 풀이 왜 눕고 일어나기를 반복하는지. 팽이의 스스로 도는 힘처럼 생명력을 유지하려는 몸부림이라 할 수 있습니다.

살려고 애쓰는 몸부림 속에 마침내 울음을 터트립니다. 팽이가 쓰러지지 않기 위해 성난 울음을 우는 것처럼 말입니다. 입 꽉 깨물고 있다 마침내 터진 울부짖음입니다. 그 울음은 삶의 고통 속에 터지는 파토스pathos입니다. 패배자의 울음이 아닙니다. 바람보

다 먼저 웃기도 하지 않습니까. 오히려 연민입니다. 자기뿐만 아니라 모든 풀들에게 보내는 애도입니다. 이는 에토스ethos에 투항하지 않으려는 몸짓이기도 합니다. 에토스는 풀처럼 살아가는 사람들을 지배하는 이념적 원칙과 도덕적 규범이기 때문입니다. 바람처럼 풀들의 공동체를 헤집고 다니지요. 그러다 어느 때는 풀뿌리까지 눕습니다. 마지막 근본을 부정할 때 마침내 온몸으로 저항하는 것이지요. 그 뿌리에는 시 「거대한 뿌리」에서 보듯 더럽다고 팽개친 역사가 서려 있습니다. 우리 주위에 흔히 마주치는 소수자들이 바로 거대한 뿌리입니다. 그들이 자기 모습을 드러낸다는 것은 특별합니다. 김수영은 그것을 반동이라 했습니다.

여러분은 1968년 5월 프랑스에서 일어난 혁명을 알고 있는지요. 6·8혁명이라고도 하는데 고등학생과 대학생이 일으킨 울부짖음이었습니다. 그들은 암기 위주의 입시 교육과 지나친 학교 규제에 시달렸습니다. 누웠던 풀뿌리가 바람보다 빨리 일어선 것이지요. 학생들을 따라 노동자를 비롯해 시민들이 참여했고 전 세계로 운동이 퍼져나갔습니다. 그때 학생들이 외쳤던 구호가 있습니다. "상상력에게 모든 권력을!" 고루한 정치인들이나 군인들, 기성인들에게 권력을 맡기지 말고 평등과 자유로운 생각을 가진 사람들, 시민들이 세상을 바꾸어야 한다는 뜻이 담겼습니다. 이러한 사회를 만들기 위해 '상상력'이 있어야 한다는 것이지요.

이제 다시 「풀」로 돌아와 보니, 김수영도 당시 세계 흐름을 알아챈 것 같습니다. 「풀」은 1968년 5월 29일 써서 8월 『현대문학』에 실렸으니까요. 세계가 온통 풀들의 생명력으로 가득한 것을 보고 '드디어 울었'군요. 그것은 벅찬 감동이었을 것이고 동시에 우리 땅에서는 맛볼 수 없는 자유이기에 더 없이 서럽기도 했을 겁니다. 그렇지만 우리에게도 이런 순간이 오리라 예언합니다. "날이 흐리고 풀뿌리가 눕는다". 그리고 언젠간 쓰게 될 "바람보다 먼저 풀뿌리가 일어나고/드디어 울었다." 이러한 세상을 꿈꾸는 일, 즉 상상하는 일이 스스로 도는 힘이라고. 김수영은 6·8혁명이 나던 그해 6월 16일 풀처럼 쓰러졌습니다. 그리고 우리 마음속에서 누웠다 일어서기를 거듭합니다.

김종삼

아이들에게
내용 없는 아름다움과
형식 없는 평화를

저는 김종삼 '덕후'입니다. 일본말 '오타쿠'를 우리말로 바꾼 것이라 탐탁지 않지만 '전문가'라고 하기에도 밋밋하네요. 소통하는 말이니 그냥 쓰겠습니다. 좀 더 말하면 아직 '성덕'은 아닙니다. 처음 김종삼 시를 대하고 새로운 시 세계가 열렸습니다. 우리 시에 이런 시도 있구나 눈이 번쩍 뜨였습니다. 그 이후 김수영과 더불어 가장 추종하는 시인이 되었습니다. 개인적으로 김종삼 관련 일들을 멈추지 않고 하고 있습니다. 스스로 '종삼주의자'라 말하고 다닙니다. '주의'는 예술에서 '인상주의', '낭만주의', '고전주의'처럼 문예 사조를 일컫지요. 그래서 김종삼 문학도 우리 문학에서 그 정도 자리를 차지할 만하다는 생각에 주장하고 있습니다. 종삼주의 핵심이 '내용 없는 아름다움'과 '형식 없는 평화'입니다. 무언가 새로

김종삼(1921~1984)

운 형식과 내용을 시에 담았다는 것이지요. 이에 대해 천천히 이야기할게요.

김종삼은 시인의 시인입니다. 특히 젊은 시인들이 최고의 시인으로 치고 있지요. 마찬가지로 독일 문학에도 시인의 시인이 있습니다. '횔덜린Hölderlin, Johann Chritian Friedrich'입니다. 철학자 하이데거는 '언어는 존재의 집'이라 말했지요. 인간은 현대 물질문명 속에서 고향을 잃고 떠도는 유령과 같다고 했습니다. 이는 다른 말로 하면 자기를 잃은 것이지요. 고향, 집처럼 나를 있게 했던 장소를 찾을 때 비로소 내가 살아 있는데 말입니다. 이때 언어가 그 장소라는 것이지요. 특히 과학적 언어가 아니라 시적 언어여야 한다고 말합니다. 과학적 언어는 재고 셈하는 객관적 공식과 같지만 시적 언어는 추억이 깃든 장소를 이야기하는 자기만의 고유한 경험이기 때문입니다. 그렇게 말한 하이데거가 시인 중의 시인으로 횔덜린을 꼽았습니다. 횔덜린은 신과 인간과 자연이 조화롭고 평화롭게 살았던 고대 그리스를 노래했습니다. 민주적인 시민들이 사는 장소가 독일에서 이루어져야 한다는 내용을 시에 담았습니다. 우리가 이야기하는 시민 시인이라 할 수 있습니다. 김종삼도 이 땅에 그러한 나라를 꿈꿨습니다.

우리 문학은 분단 문학입니다. 남북이 아직 휴전 상태이고 분단된 채 그대로이기 때문입니다. 그래서 방탄소년단의 노래도 우리 현실에서 나온 것이기 때문에 분단의 상처를 품고 있다고 해도 잘못된 말은 아니라 생각해요. 김종삼은 황해도 은율에서 태어나 남한에 정착한 월남인이며, 식민지 시대 일본에서 생활했던 디아스포라이기도 하고 남쪽에 학연도 지연도 없는 주변인입니다. 전 생애를 역사의 커다란 물줄기 속에 흔들리며 지냈지요. 특히 한국 전쟁 통에 겪은 수많은 죽음 때문에 평생을 고통 속에 살았습니다. 그런 가운데 아이들에게 그의 시는 거대한 빛을 쏟아 냈습니다. 아이들만이 아름다움과 평화 자체이기 때문입니다.

내용 없는 아름다움에 구원을

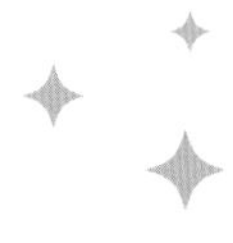

내용 없는 아름다움처럼

가난한 아희에게 온
서양 나라에서 온
아름다운 크리스마스 카드처럼

어린 양羊들의 등성이에 반짝이는 진눈깨비처럼.

—「북치는 소년」

김종삼 대표 시입니다. 시험 내기 안성맞춤이에요. 시에서 원

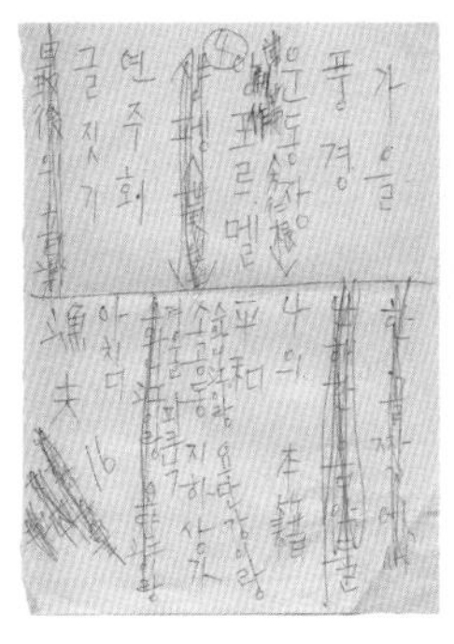
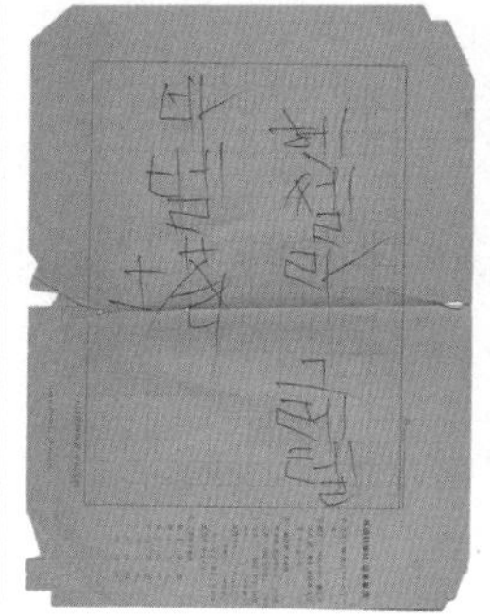
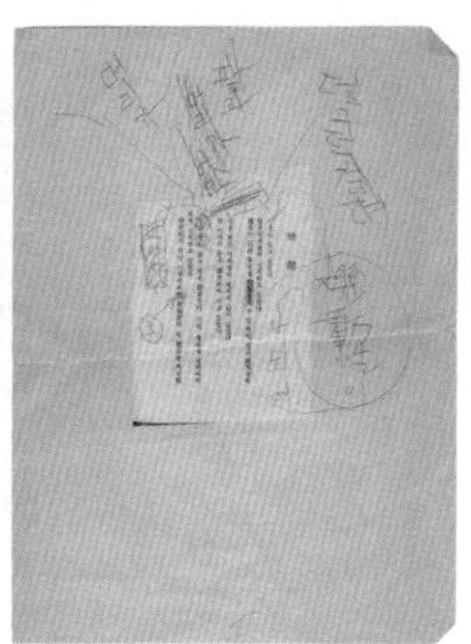

김종삼 육필 원고

관념, 보조 관념에 대해 공부했지요. 원관념은 비유할 때 표현하려는 실제 내용이고 보조 관념은 원관념 내용이 잘 드러나도록 돕는 표현이지요. 이 시에서 원관념과 보조 관념을 찾아볼까요. 보조 관념은 '아름다움, 크리스마스 카드, 진눈깨비' 맞죠. 시 틀을 보니 'A처럼 B한 북치는 소년'이네요. 그런데 B가 없네요. 원관념이 없지요. 우선 보조 관념이 아름다움이 무엇인지에 대해 도움을 주려는 것은 알겠지요. 그런데 '내용 없는' 아름다움이네요. 여기서 먼저 좌절합니다. 무슨 뜻일까요. 어렸을 때 종교가 없었는데도 성탄절에는 교회에 갔던 기억이 납니다. 선물을 주었기 때문입니다. 평소 먹지 못했던 과자와 눈 오는 풍경에 산타크로스와 붉은 종, 북치는 소년이 그려진 카드를 받아 들고 뭔지 모르게 두근거렸지요. 이 시는 그 기억을 떠올리게 합니다. 그처럼 한국 전쟁이 끝나고 가난한 나라의 아이들에게 온 크리스마스 풍경은 낯설었을 것 같네요. 신기하기는 했지만 무언지 알 수 없는 슬픔을 느끼게 합니다. 그것을 김종삼은 '내용 없는 아름다움'이라 표현했습니다.

'북치는 소년' 이야기를 해야겠어요. 김종삼은 우리나라 문인들 중에서 서양 음악을 가장 잘 아는 시인입니다. 직업도 동아 방송국에서 배경 음악을 담당했습니다. 그리고 시에 음악이 깊게 자리하고 있기 때문에 어렵게 여기는 점이 많아요. 이 시도 말러의 가곡집 『어린이의 이상한 뿔피리』와 관련이 있습니다. 독일 낭만파 시인 아르님과 브렌타노가 수집한 독일 민요 시집에서 시를 따 가곡으로 창작했습니다. 말러가 청년이었을 때(1880~1900) 만든 이 가곡집에 「북치는 소년」이 있습니다. 적군에게 잡혀 사형대로 끌려가며 대장과 전우들에게 마지막 인사를 하는 소년병 이야기입니다. 그래도 어린이를 사형대에 올리다니. 말러는 이 절망적 이야기에서 당시 하층민들이 겪어야 했던 고통을 위로하고 싶었습니다. 19세기에 독일은 어려운 처지에 있었습니다. 아마도 독일 하층 시민들의 생활 속 생명력으로 독일을 구하려 했던 것 같습니다. 아무것도 모르는 소년을 희생시키며 유지되는 세상을 비판하는 것이기도 합니다.

서양 나라에서 온 크리스마스카드에 담긴 아름다움은 가난한 나라 어린이와 어울리지 않습니다. 가난한 어린이의 존재감이 드러나지 않기 때문입니다. 가난해도 추하기만 한 것은 아닙니다. 오히려 '내용 없는' 이 비어 있는 공간에 무엇을 채울까 고민하는 것이 우리 할 일입니다. 아름다운 시민의 이야기로 채웠으면 합니다. 평소에는 잘 드러나지 않지만 그래서 없는 것처럼 보이지만 분명 살아 있는 사람들의 숨소리를 이야기했으면 합니다. '내용 없는' 상태는 결핍을 말합니다. 아이러니 상태이기도 합니다. 지금은 보잘 것 없지만 언젠가 새롭게 변신하는 구원이 이루질 것이라는 징표, 증거, 약속이기도 하기 때문입니다. 그래야 말러 가곡 속 북치는 소년의 희생이 헛되지 않으니까요.

옳지 못함을 부끄러워하고 착하지 못함을 미워하는 마음

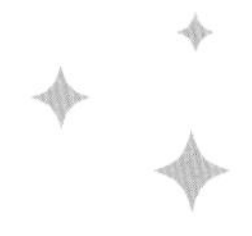

조선 총독부가 있을 때

청계천변川邊 십전균일상十錢均一床밥집 문턱엔

거지 소녀가 거지 장님 어버이를

이끌고 와 서 있었다

주인 영감이 소리를 질렀으나

태연 하였다

어린 소녀는 어버이의 생일이라고

십전十錢짜리 두 개를 보였다.

—「장편掌篇」

김종삼은 장편掌篇이라는 제목으로 다섯 편을 씁니다. '장편'은 손바닥 장掌에 책 편篇이란 풀이를 보면 '손바닥만 한 시'라는 뜻으로 이해하면 좋을 듯합니다. 그만큼 짧은 시에 큰 의미를 담았다고 할 수 있지요. 이 시는 1975년 『시문학詩文學』 9월호에 발표됩니다. 한 편의 이야기를 담았네요. 조선총독부가 있던 시절이니 일제 식민지 시대네요. 공간은 청계천변이고요. 이때 상황은 박태원 소설 『천변풍경』에 잘 담겼지요. 청계천변 하층 시민들의 가난한 삶을 사실처럼 그렸으니까요. 이 시에도 그러한 내용이 나타납니다. 거지 소녀와 거지 장님 어버이와 국밥 집 주인이 등장인물이네요. 그렇게 어려운 시는 아니네요. 이 시에서 가장 중요한 장면을 찾으면 될 것 같습니다. 여러분은 어디라 생각하나요. 저는 "주인 영감이 소리를 질렀으나/태연 하였다"라는 부분입니다. 왜 태연했나요. 주인 영감은 늘 그랬듯이 이번에도 거지 소녀와 장님 어버이를 쫓아내려 했는데 거지 소녀의 태도는 전과 달랐습니다. 밥값으로 보란 듯이 십 전짜리 두 개를 내보였습니다. 왜 태연할 수 있었나요. 바로 어버이의 생일이었기 때문이죠. 이 순간 영화 한 장면처럼 모든 것이 움직임을 멈추는 것 같습니다. 짧지만 많은 생각이 떠오릅니다.

사람마다 다르겠지만 소녀의 행동에서 인간이란 무엇인가 생각하게 되지 않나요. 비록 평소에는 구걸하며 살기에 천대받지만 생일만큼은 인간으로서 당당하게 대우받아야 한다는 태도에서 숙연합니다. 큰 소리 내지 않아도 고요한 엄숙함을 느낄 수 있지요. 굳이 말을 하지 않아도 다 알 것 같습니다. 여러분도 그렇지요? 우스운 것은 주인 영감의 태도입니다. 아무것도 모르면서 늘 그렇듯 자기보다 못한 사람들을 무시하고 막 대하는 꼴이라니. 물론 장사에 방해되니 어쩔 수 없는 것이 아니냐고 말하는 사람들도 있겠죠. 그런데 그것은 하이데거가 말한 시인의 품성은 아니네요. 우리를 존재하게 하는 언어가 아니기 때문입니다.

수오지심羞惡之心이란 말이 있습니다. 맹자의 가르침 중 하나인데 "옳지 못함을 부끄러워하고 착하지 못함을 미워하는 마음을 이른다."고 하였습니다. 오늘날 현실에서 풀면 자신의 잘못을 부끄러워하고 남의 잘못을 미워한다는 말입니다. 시에서 소녀가 어버이 생일인데도 여전히 국밥 집 앞에서 구걸하러 서 있었다면 부끄러운 일이라는 것이지요. 옳고 그름을 모르기 때문입니다. 이 판단의 잣대는 생명을 소중하게 여기는가 여부입니다. 가난은 참고 견디는 것이 아닙니다. 해결해야 하고 없애야 할 공공의 적입니다. 어쩔 수 없어 구걸을 하지만 자기 존재마저 저버리고 스스로를 막 대해서는 안 된다는 깨달음을 줍니다. 시에서 국밥 집 주인 영감의

어질지 못한 행동을 미워해야 하는 것이지요. 왜냐하면 생명을 소중히 여기지 않기 때문입니다. 단지 돈으로 여기기 때문입니다. 여기서 꽃보다 인간이 아름답다는 말이 괜히 나온 것은 아니구나 생각합니다. '내용 없는 아름다움'은 비어 있어 부족해 보이지만 채워지길 기다리는 구원의 가능성입니다. 더 없이 아름다운 상태가 아닐 수 없습니다. 만약 여러분이 스스로 부족하다 여긴다면 너무 자신과 남을 탓하지 않았으면 합니다. 그 자체로 아름답고 곧 새로운 사람으로 변신하려는 것이기 때문이지요. 시민다운 덕목입니다.

폭력의 제단에 올린
평화의 희생물

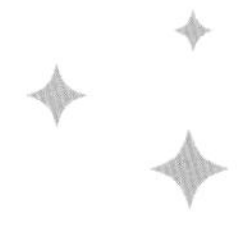

1947년 봄

심야深夜

황해도黃海道 해주海州의 바다

이남以南과 이북以北의 경계선境界線 용당포浦.

사공은 조심 조심 노를 저어가고 있었다

울음을 터뜨린 한 영아嬰兒를 삼킨 곳.

스무 몇해나 지나서도 누구나 그 수심水深을 모른다

—「민간인」

이 시로 김종삼은 1971년 현대시학사에서 주는 제2회 〈작품상〉을 받았습니다. 앞서 말했듯 이 시는 분단 문학으로 최고입니다. 더 이상 분단 현실을 잘 보여 줄 수 없기 때문입니다. 그동안 우리가 무슨 짓을 했는지 어떤 상처를 안고 사는지 말하고 있습니다. 상황은 전쟁 영화의 한 장면 같습니다. 살기 위해 경계를 넘는 사람들의 비극을 담았습니다. 역사의 악몽입니다. 그러므로 기억에서 지울 수 없으며 삭제해서도 안 됩니다. 망각하는 순간 물에 빠뜨린 젖먹이 아기는 영영 사라지기 때문입니다. 죽음에 이른 아기를 애도해야만 다시는 이런 일을 겪지 않을 수 있기 때문입니다. 사람들은 이념적 다툼 때문에 '내용 없는 아름다움'의 가능성마저도 다 없애 버렸습니다. 죽은 아기가 살아서 펼쳤을 아름다운 시간, 가능성을 송두리째 앗아간 것입니다. 그만큼 이 시는 인간이란 무엇인가를 또 묻고 있습니다. 어떻게 하면 어린 아기를 죽여서까지 살아야 하는 것인지 답할 것을 요구합니다.

이 시는 김종삼의 자화상이자 우리의 얼굴이기도 합니다. 우리의 정체성을 이야기할 수 있는 표현이 많겠지만 이보다 더 잘 표현한 것은 없을 겁니다. 우리는 '울음을 터뜨린 한 영아嬰兒를' 수장시키고 살아남은 사람들입니다. 김종삼은 사무쳐 고백합니다. 이 시의 핵심은 전쟁과 분단의 실상이 무엇인지 증언하는 것입니다. 그래서 이제 그만 죽음 같은 분단의 벽을 허물고 평화를 되찾자는 절규입니다. 시인은 예언자적 지성을 지니고 있다고 합니다. 그래서 미리 외칩니다. 곧 어둠이 찾아오리니 이제 그만 파국으로 가는 발걸음을 멈추자고 소매 끝을 잡고 매달리고 있습니다. 그런데 이러한 상황은 우리만 그런 것이 아닙니다. 다음 시에서 그것을 읽을 수 있습니다.

밤하늘 호수湖水가엔 한 가족家族이
앉아 있었다
평화스럽게 보이었다

가족家族 하나 하나가 뒤로 자빠지고 있었다
크고 작은 인형人形같은 시체屍體들이다
횟가루가 묻어 있었다

언니가 동생 이름을 부르고 있다
모기 소리만 하게

아우슈뷔츠 라게르.

—「아우슈뷔츠 라게르」

나치가 저지른 유태인 학살을 묘사한 작품입니다. 유태인 학살을 홀로코스트Holocaust라 하지요. 구약성서에 나오는 말로 희생물을 통째로 태워 올리는 제사를 말합니다. 그만큼 대량학살이며 큰 희생이기 때문입니다. '아우슈뷔츠 라게르'는 아우슈비츠 유태인 수용소를 가리킵니다. 유태인 수용소에서 일어났던 평화의 깨짐을 보게 됩니다. 아이들은 가스실 연기처럼 가루가 되어 사라집니다. 이 비극적 장면을 그리면서도 김종삼은 감정의 흔들림이 없습니다. 담담합니다. 시 「장편」 속 거지 소녀의 태연함이 떠오릅니다. 이 숙연함 속에 담긴 미학, 즉 아름다움을 숭고미라고 합니다. 희생된 아이들에게 연민을 느끼면서 나도 그런 일을 당하면 어떡하나 하는 공포가 같이하는 정서입니다. 그리스 비극이 추구했던 비극적 아름다움이지요.

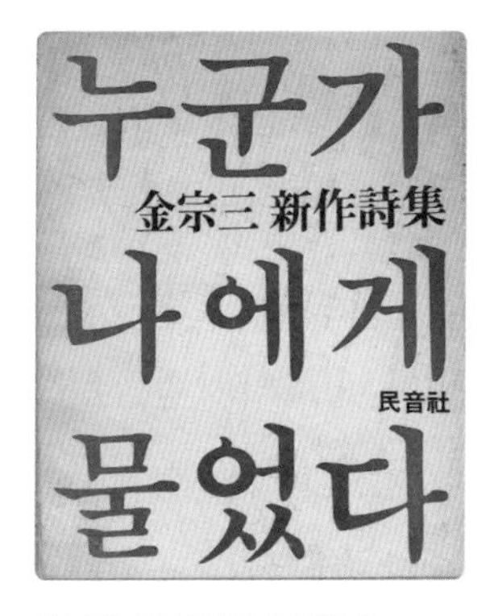

시집 『누군가 나에게 물었다』
(민음사, 1982)

아름답다는 것은 보기에 좋다는 시각적 감각이 아니라 마음 속에 파문을 일으키는 울림 같은 것을 예술의 경지에서 말하는 표현입니다. 이 장면은 다시금 시 「민간인」과 겹칩니다. 전쟁의 비극과 학살의 폭력성은 다를 바 없이 똑같습니다. 그러므로 우리의 비극은 우리만의 것이 아닙니다. 민간인은 군인과 구별되는 시민입니다. 시민이면서 군인이기도 합니다. 그러므로 우리 손으로 평화를 깨뜨렸군요. 어떻게 그럴 수 있을까요. 독일 출생 유태인 철학자 한나 아렌트Hannah Arendt가 이를 두고 '악의 평범성'에 대해 말했지요. 생각이 없으면 모두 그렇게 될 수 있다고. 생각은 무엇일까요. 헤아리는 것이죠. 타자를 읽고 이해하려는 마음이지요. 시민의 덕목입니다. 시민성을 잃었을 때 평화롭지 못합니다.

평화는 누구의 것도 아닙니다. 자기식의 평화를 강요하는 순간 폭력이 됩니다. 여러분도 내 주장만 하면 친구 간의 우정은 깨지고 나아가 폭력이 뒤따를 수도 있다는 것을 겪지 않았나요. 그래서 형식이 없어야 합니다. 정해진 틀에 끼워 맞춘 평화는 거짓이 분명합니다. 평화의 보편성 측면에서 김종삼 시는 세계성을 띱니다. 아우슈비츠에서 희생된 아이들과 한국 분단 속 희생된 어린 아기는 모두 폭력의 제단에 올린 평화의 희생물이기 때문입니다. 그리고 자연스럽게 우리 사회에서 일어났던 세월호 참사 같은 비극이 떠오릅니다. 역사는 반복된다는 것이 괜한 말이 아닙니다. 시민들은 평화의 테두리 안에서 모두 동등합니다.

이 세상에 펼친 평화 공동체

5학년 1반입니다.

저는 교외에서 살고 있기 때문에 저의 학교도 교외에 있습니다.

오늘은 운동회가 열리는 날이므로 오랜만에 즐거운 날입니다.

북치는 날입니다.

우리 학교는

높은 포플러 나뭇줄기로 반쯤 가리어져 있습니다.

아까부터 남의 밭에서 품팔이하는 제 어머니가 가물가물하게 바라다보입니다.

운동 경기가 한창입니다.

구경 온 제 또래의 장님이 하늘을 향해 웃음지었습니다.

점심때가 되었읍니다.

어머니가 가져온 보자기 속엔 신문지에 싼 도시락과 삶은 고구마 몇 개와 사과 몇 개가 들어 있었습니다.

먹을 것을 옮겨 놓는 어머니의 손은 남들과 같이 즐거워 약간 떨리고 있습니다.

어머니가 품팔이 하던

밭이랑을 지나가고 있었습니다. 고구마 이삭 몇 개를 주워 들었습니다.

어머니의 모습은 잠시나마 하느님보다도 숭고하게 이 땅 위에 떠오르고 있었습니다.

어제 구경 왔던 제 또래의 장님은 따뜻한 이웃처럼 여겨졌습니다.

—「5학년 1반」

이제 형식 없는 평화에 대해 이야기하려고 합니다. 이 시는 5학년 1반의 즐거운 운동회 날을 담은 작품입니다. 시인은 교외에 살

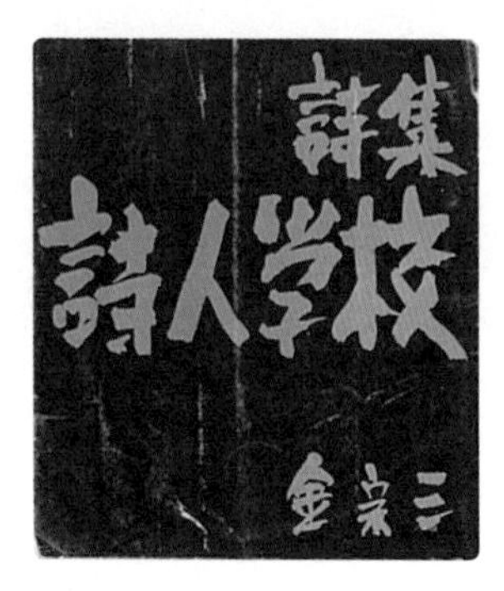

시집 『시인학교』(신현실사, 1977)

고 있는 주변인입니다. 반 친구들도 비슷한 환경일 겁니다. 지금은 어떨지 모르겠지만 김종삼이 어렸던 시절에는 운동회가 마을 잔치였지요. 운동장에 만국기가 펄럭이고 학년마다 달리 준비하는 것이 있어 어린 동생들은 춤과 노래를 준비하고 언니들은 매스 게임을 위해 몇 달 전부터 연습에 열심입니다. 아침부터 저녁까지 먼지 날리는 운동장에서 뙤약볕에 힘들지만 검게 그은 얼굴 하얀 이를 드러내며 즐겁기만 했습니다. 왜냐하면 그때는 수업이 없었고 오랜만에 부모님과 맛있는 음식을 먹으며 종일 보낼 수 있기 때문입니다. 그처럼 이 시는 오래된 사진 속 장면을 담았네요.

이 시에는 잊을 수 없는 장면이 있습니다. 무엇일까요. "먹을 것을 옮겨 놓는 어머니의 손은 남들과 같이 즐거워 약간 떨리고 있습니다." 바로 이 순간입니다. 평소 어머니는 일을 나가 자식을 돌볼 수 없습니다. 아마 아침에 나가 저녁 무렵에 돌아올 겁니다. 아이도 어머니가 하루 종일 보고 싶지만 어머니도 아이가 그리웠을 겁니다. 그런데 운동회 날만큼은 그렇지 않습니다. 마음껏 그리워해도 됩니다. 밭일 놓고 잠깐이지만 먹을 것을 나눌 수 있다는 즐거운 마음에 흥분돼 손도 떨렸을 겁니다. 그래서 어머니는 품팔이하는 존재지만 이 순간만큼은 절대자보다 위대합니다. 아이에게 말입니다. 하느님은 어머니처럼 금방 손을 내밀지 않기 때문입니다.

"구경 온 제 또래의 장님이 하늘을 향해 웃음지었습니다." 이 장면이 오래도록 잊히지 않습니다. 장님 아이는 5학년 1반 친구가 아닐 것 같습니다. 학교에 가고 싶어도 갈 수 없는 처지입니다. 평소에 아이들은 마음은 그렇지 않지만 장님 친구에게 살갑게 하지 않았을 겁니다. 장난꾸러기들에게 놀림을 받았을지도 모릅니다. 그러나 운동회 날 만큼은 모두 하나가 되어 즐겁습니다. 그때 장님 아이가 하늘을 향해 웃음 짓습니다. "보세요. 하느님, 여기에 천국이 열리지 않았나요?" 하는 식으로. 천국은 멀리 있는 것이 아닌가봅니다. 5학년 1반처럼 평화의 공동체가 천국이라 말하는 것 같습니다.

만약 사람 따라 평화를 달리 누린다면 5학년 1반 운동회에 날품팔이하는 어머니도 장님 아이도 초대받지 못했을 겁니다. 시민들이 이루는 공동체도 마찬가지입니다. 서로를 생각하고 배려하며 나눔을 게을리하지 않는 운동회 같은 날들이 나날이 멈추지 않았으면 좋겠습니다. 아이들에게 아름다운 가치를 열어 주고 문턱 없는 평화의 잔치를 맛보게 했으면 좋겠습니다. 김종삼이 그렇게 시를 썼습니다.

[참고 문헌]

김종욱 평석, 『김소월 전집』, 명상, 2005.

김학동 편, 『윤동주』, 서강대출판부, 1997.

김학동, 『김소월평전』, 새문사, 2013.

서정자 엮음, 『나혜석 전집』, 푸른사상, 2013.

안도현, 『백석 평전』, 다산 북스, 2014.

이동순 편, 『백석시전집』. 창작사, 1987.

이민호 외 엮음, 『김종삼정집』, 북치는소년, 2018.

이민호, 『낯설음의 시학』, 국학자료원, 2016.

이복규, 『윤동주 시 전집』, 지식과교양, 2016.

이영준 엮음, 『김수영 전집』, 민음사, 2018.

장일순, 『노자 이야기』, 삼인, 2017.

홍장학, 『정본 윤동주 전집 원전 연구』, 문학과지성사, 2004.

시라카와 시즈카, 장원철·정영실 번역, 『공자전』, 펄북스, 2016.